계간 # 시마

제14호

2022.12

누름돌 사설 / 김미희

독 안에 들기 전 이미
제 무게를 알고 들어선 맞춤형이었다
그 단 한 가지 무게, 그것 아니고는
혼돈의 기억들로 채워진 시간을 짜내지 못하는

기별 없이도 알아차리던 가슴이
침묵을 침묵으로 느껴질 때
제법 근사한 생각도
제법 급한 생각도
얼마만 한 무게를 옮겨야 납작 엎드린 바닥으로
가라앉게 되는 건지 알 수 없어도
몸속에 고인 울음 눌려 짜이며
상처 나지 않고
뭉그러지지 않고
천천히 가라앉는 법 알아
저 이전 저였던 저의 단 한 가지 무게로
저였던 저 이후의 저로 이어가는 침묵만이
소원을 남기는 법인 것을 깨우친다

때로는 소원도
절로 찾아오는 법임을 알게 되지만
얼마만큼 무거워야 다른 하나를 누를 수 있고
얼마만큼 가벼워져야 다른 하나가 될 수 있을까

© 김선하, 2022

김선하

사진작가, 화가, 칼럼니스트. 사진 개인전 2회
〈달라스 한인신문〉에 사진 칼럼 『사람이 있는 풍경』과 『삶의 파노라마』를 10년째 연재 중
이민자의 희로애락을 사진과 글로 담는 휴머니스트

김미희

〈미주문학〉 등단. 시집 『눈물을 수선하다』(2016 세종도서 문학나눔 선정) 『자오선을 지날 때는 몸살을 앓는다』
〈편운문학상〉, 〈윤동주서시해외작가상〉, 〈성호문학상〉 본상 수상
〈KTN〉 신문에 '김미희 시인의 영혼을 위한 세탁소'를 연재하고 있으며 연극배우로 미주에서 활동

칼로
새긴 시詩

물소리

_박 해 람 _{시인}

물소리

박 해 람 시인

　생각해보면 배우고 익힌 것 중 성화에 못 이긴 것들이 많다. 어려서 잠깐 익히다 만 학서(學書)도 그렇다. 하교 후엔 임서(臨書)를 했는데 그 분량이란 어느 구절에서 어느 구절까지가 아니라 부친은 먹의 양으로 정해주곤 했다. 벼루에 물을 붓고 먹으로 가노라면 처음에는 많은 물의 양에 먹이 벅차다가 어느 정도 갈려지면 일제히 먹을 따라 저어지는, 순응하는 농도의 먹물이 된다. 글쓰기가 싫증 나면 붓에 먹물을 듬뿍 묻혀서 썼다. 아무리 궁핍한 서체라도 둥글둥글 살찐 서체가 되었다.

　그때 갈필(渴筆)을 배웠다.

　　꾀를 부리는 내게 부친은 한번 묻힌 먹물로 갈필이 나올 때까지 쓰는 법을 가르쳤다. 흰 연습지에 한여름 장마 끝의 샛강을 흐르는 살찐 물줄기에서 늦가을 갈수기의 마르고 궁핍한 물줄기 같은 서체가 동시에 들어있었다. 또 임서에는 형림(形臨)과 의림(意臨)이 있는데, 형림은 자형(字形)의 본을 충실하게 따르며 쓰는 방식이고, 의림은 그 서체의 모양을 살펴 그 뜻을 헤아린 표현에 중점을 둔 방식인데, 그때의 나는 내 손목의 서투름과 싸우는 데 급급했으니 오히려 갈필이 조악한 재주를 가리는 데에는 적당했던 것이다.

나이가 들면서 성화에 못 이겼던 것들이 그리워질 때가 있다. 마침 마련한 집터의 가까운 곳엔 작은 개울이 있었다. 집을 지으면서 그 개울 쪽으로 일부러 창문을 내고 고요할 때면 문을 열고 갈필을 닮은 물소리를 들으려 했다. 간간이 새소리가 앉았다 가는 물소리, 난로 위 엽차(葉茶)를 넣은 물이 주전자 속에서 끓는 소리와 무척이나 닮았다. 그것은 서로 다른 처지의 정점(頂點)을 견디는 소리 같다는 생각을 했다.

"샛강 물소리는 너무 길어서 지겹고, 주전자 속의 물소리는 너무 뜨거워 후후 불어야 해서 또 번거롭다."

조악한 재주로 힘이 부치는 글을 쓰면서 자꾸 물소리 쪽으로 귀를 쫑긋 세운다. 한 번도 끊어진 적이 없는 개울물 소리는 너무 길고 난로 위 끓는 물은 너무 뜨거워 또 후후 불어야 하니 그 번거로움으로 이런저런 핑계를 대기엔 또 맞춤하다. 그럴 땐 오전의 일을 오후의 일로 슬쩍 뒤집어 놓는다. 무밭에 가서 제법 찬 맛이 들어차는 무의 푸른 윗동을 들여다보거나 게으른 잠에 빠진 고양이들의 배 밑으로 손을 넣어보는 일, 가르랑가르랑 고양이들의 목에서 끓는 늦가을 볕 소리를 듣다 보면 괜히 기분이 좋아진다.

조선 시대 문인 권근(權近-1352~1409)이 쓴 고간기(古澗記))라는 글이 있다. "오래된 개울"이라는 뜻인데 "도랑과 못은 아래에 있으므로 오물이 모두 흘러들어 더러워지기 쉽고, 강과 바다는 넓으므로 탁한 물도 사양하지 않고 받아들이니 완전히 맑을 수만은 없다. 완전히 맑은 물은 산에 있는 개울뿐이다."라는 구절이 있다.

귀를 텅 비우고 들어야 그나마 작게 들리는 근처의 개울물 소리지만 그 물소리도 텅 비어있긴 매한가지여서 개구리 울음소리가 요란한 봄밤이거나 풀벌레 소리가 쓸쓸한 가을밤엔 아예 들을 엄두를 못 낸다. 다만 낙엽이 다 지고 난 뒤끝의 계절엔 먼 곳의 소리가 가까워지는 법이라서 조금만 내 귀가 마중을 나간다면 고즈넉한 물소리를 들을 수 있다.

박해람
1998년 월간 〈문학사상〉으로 등단
시집 『낡은 침대의 배후가 되어가는 사내』 『백 리를 기다리는 말』 『여름밤 위원회』

물소리

주전자 속에서
끓는 물소리와
한겨울 냇강을
흐르는 물소리는
어딘가 모르게 닮았다
모두 정점을 견디거나
읊고 있는 소리를
우려내는 소리와
한껏 움크린 소리를
안과 밖에 나누어 놓고
오전의 골똘을
오후로 슬쩍
튀겨 놓는다
두 물소리 중
어느 쪽을 데조리다
펜을 채운 까ㅡ
생강물소리는
너머 걸에서 지기뭐고
난롯 위의 물소리는
후후 불어야 해서
또 벌겨롭다

2022 혜림

계간 시마 sima 14호

시마詩魔 I

시詩 읽는 계절

윤성택의 불씨 하나 품고

시마詩魔 디카시

계간 **시마** sima 14호

차례

쿠키를 찍어내고 남은 반죽을
쿠키라 할 수 있을까

뺨을 맞고
얼굴에 생긴 구멍이 사라지지 않을 때

슬픔이 새겨진 자리를
잘 구워진 어둠이라 불렀지

분명하고 깊은 상처라 해서
특별히 더 아름다운 것도 아닌데
―「흉터 쿠키」 부분

PIN
042

흉터 쿠키

이혜미 시집

116면 | 값 9,000원

모욕과 슬픔을 관통하는
나지막한 고백의 힘
침묵을 끌어안는
다감한 목소리

www.hdmh.co.kr TEL 02-2017-0280 | FAX 02-516-5433 H현대문학

다시
박인환의 계절
개정판, 양장본 284페이지 18,000원
지금 그 사람 이름은 잊었지만
박인환 평전
윤 석 산 지음

봄날은
십 분 늦은
무늬를
갖고 있다

이도훈 시집

공감시인선(1~54)

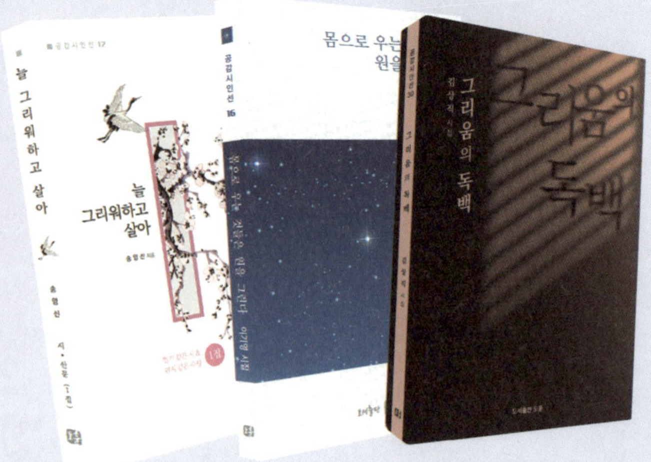

공감에세이(1~11)

시마詩魔 _겨울 신작시

천 년 전부터

이병률

집을 짓는 데 바람을 이용했을 것이다

거미가 지은 집이
나무와 나무 사이
가지와 가지 사이
허공과 허공 사이
충분히 납득은 가지만 멀고도 멀며 가늘고도 아주 길다

거미의 권태에 비하면
거미가 가진 독의 양은 놀랄 정도는 아닐 것이다

어떻게 지내고 있을까
나는 가끔 몸뚱이의 앞과 뒤를 다 보여주다 못해
관통하던 빛 덕분에
몸 안쪽이 훤히 다 들여다보였던 거미가 생각났다

그래서 나는 미안하면서도 미안하지 않게
거미줄에다 달랑 나를 걸쳐 놓고 돌아온 것인데

나는 그네를 타고 있을까

잘 마르고 있을까

거미줄이 없으면 세상은 어떻게 지탱할 것인가

나무와 나무 사이를
건물과 건물 사이를
허공과 허공 사이를
안간힘으로 붙들고 있는 거미줄

낮달

감 하나를 서리한 날이었다
고속버스를 타고 돌아오는 길에
버스가 급정거하면서 덜컹하는 바람에
서리한 감이 앞으로 또르르 굴러갔다

어느 정도는 뒷자리여서
또 사람들이 많이 타기도 해서
덜 무안하기는 했지만
신경이 쓰이는 건 어쩔 수 없었다

가방이 엎질러지면서 바닥에 떨어진 감을 봤는지
옆 옆자리의 건너에 앉아 있던
한 어르신이 더 신경을 쓰는 듯했다

감도 여행을 하고 싶었을 거야

나는 눈을 감고 다른 생각을 하면서 졸았다
버스가 도착하는 것 같아 눈을 뜨려고 하는데
옆 옆자리의 어르신이 나를 툭 치더니 가리키는 게 있었다

발밑에는 가만히 돌아와 멈춰 서 있는

감이 자고 있었다

이병률

한국일보 신춘문예로 등단했으며 『바다는 잘 있습니다』 『이별이 오늘 만나자고 한다』 등 다수의 시집과 『바람이 분다 당신이 좋다』 『내 옆에 있는 사람』 『혼자가 혼자에게』 등 여러 권의 사진 산문집이 있다. 〈현대시학작품상〉, 〈발견문학상〉, 〈박재삼문학상〉을 수상했다.

기적이 시작되는 교실

이 재 훈

예기치 않은 놀라움이 있었다. 세상의 제안은 풀잎에 있지 않고 선물에 있었다. 울분은 주고받는 것에서 비롯된다. 새벽이 오면 부끄러움이 시작된다. 부끄러움은 시작과 끝이 없다. 어머니가 매일 찬송을 부르신다. 울어도 못하네. 참아도 못하네. 믿으면 하겠네. 멸망하지 않는 방법을 아시나요. 믿음은 기적이잖아요. 시를 쓰면서 바람을 얻었고 햇살을 얻었다. 역동적인 건물 안에서 식물처럼 시간을 보낸다. 순백의 교실 안에서 지식을 전시한다. 예쁜 얼굴이 모여 가장 열정적으로 경쟁하는 가을날. 창가로 흘러드는 햇살에 자주 손을 댔다. 섬기는 것이 없는 시간은 불행하다. 만남이 번성하는 소리가 하늘에 퍼졌다. 새가 숨어드는 소리가 숲으로 사라졌다. 마음을 읽는 소리가 구름으로 뛰어들었다. 달이 뜨는 소리가 예쁜 얼굴에 앉고 발바닥 밑에서 따스한 흙내음이 올라왔다.

전야제

환경은 문제가 아니지.

계시도 문제가 아니지.

바르게 사는 게 무엇인지 몰라

삐뚤게 사는 거지.

뜻이 있었을까.

의심으로 가을이 가고.

목과 손목은 자꾸 아프고.

누군가 내 머리에 손을 얹고 기도를 하네.

내가 순종하는 것은 보이지 않는 손.

스스로 작은 사람이라고 말하는 사람.

차꼬를 채우고 잠을 청하는 밤.

수런거리는 소리가 창밖에서 들리지.

울화의 씨가 밭에 뿌려지고

새들이 흙을 밟고

비가 흙을 적시면

새 마음이 생겨날까.

땅은 바닥까지 뒤집어야 부드럽지.

귀에서 요정 나팔 소리가 들리잖아.

천장이 빙빙 돌고 눈에 거미줄이 가득해.

매일 환상에 의지해서 살았지.

뒷머리에 돌덩이를 넣고 다니다가
발바닥이 찢어지고 발가락이 퉁퉁 붓고.
내일 일은 난 모르지.

이재훈

1998년 『현대시』로 등단. 시집으로 『내 최초의 말이 사는 부족에 관한 보고서』, 『명왕
성 되다』, 『벌레 신화』, 『생물학적인 눈물』. 저서로 『현대시와 허무의식』, 『딜레마의 시
학』, 『부재의 수사학』, 『징후와 잉여』, 대담집 『나는 시인이다』가 있다. 한국시인협회
젊은시인상, 현대시작품상, 한국서정시문학상, 김만중문학상을 수상했다.

못 본 장면

서효인

노인은 시간 차이를 두고 도착하는
자녀들 덕분에 여러 번 들락거려야 했다
그중 장남 덕분에 바깥에 오래 나와 있었다
이렇게 모셔두면 안 되는 일입니다 하는 말에
지금 오고 있다고 합니다
이제 거의 다 왔다고 해요
요 앞이라고 잠시만 있으면 된대요
거짓말이 세 번이면
그저 거짓말 세 번이다
장남의 아들인 나는 그와는 반대로
확실한 게 좋아서 거짓말을 셈해본다
아버지가 깡깡 언 할머니 앞에서 우는
장면을
열심히 셈하느라
못 보았다
보지 못했다
미처 볼 수 없었다
노인은 떠났다
세 번 말할 것도 없이 나는
그조차 못 본 장면이었다

겨울의 공기

창문에 뽁뽁이를 붙이며 생각한다
겨울이 오고 있구나
뽁뽁이의 원래 이름은 에어캡
그것은 엉터리 영어고 원래는
bubble wrap 그러나 내게는 원래
뽁뽁이였다 원래 겨울은 추운 것인데
일전에 뽁뽁이 같은 내복을 입고
내복만 입고 쫓겨나 대문 앞에 앉아
그해 겨울 두 번째 오는 눈을
바라본 적이 있다
첫눈은 금방 녹았는데 그것들은
금세 쌓여 뽁뽁 소리를 냈다 밟을 때마다
저를 용서하세요,
저를 용서해주세요, 추워요,
창문에 뽁뽁이를 붙이며 생각한다
곧 성탄인데 저를 용서할 사람 하나
없고 에어캡을 검지와 엄지로 눌러
터트리며 bubble wrap을 삭제하며
용서를 생각한다 겨울은
용서하기에 좋은 계절
바람은 기억처럼 문틈을 비집고 기어코

소리를 내며 찾아든다 기억을 해야

용서를 할 것이기에

창문에 뽁뽁이를 붙이며

너의 악행을 기억한다

나를 용서하지 않은 너의 악행을

기어이 용서하기로 한다

방금 동사하여 잘라낸 손가락을 품은 한기가

문틈의 뽁뽁이를 터트리는 소리가 들렸다

겨울이 오는 소리였다 폭설의 도시처럼

너와 나 사이의 공기는 완전히

사라졌다

서효인

2006년 〈시인세계〉로 등단, 시집 『소년 파르티잔 행동 지침』, 『백년 동안의 세계대전』, 『여수』, 『나는 나를 사랑해서 나를 혐오하고』, 『거기는 없다』 등이 있다. 〈김수영문학상〉, 〈대산문학상〉, 〈천상병시문학상〉 등을 수상했다.

유전

강 성 남

아버지는 바람으로 가문을 빛내신 분
나는 바람의 딸, 자랑스러운 바람의 후예
대문을 흔드는 바람 소리
그러나 흔들리지 않는다

가슴은 설설 끓는 무쇠 도가니
싱싱한 재료를 골라 잔치를 준비한다
주재료는 무, 배추, 양파, 쪽파도 아닌
상상력으로 발효시킨 바람

바람 빠진 시는 맛이 없고
바람이 없는 소설은 잘 팔리지 않는다
바람의 후손들은 어디서나 환영받는다
바람의 종친들이 마중 나와 허리를 굽힌다

역사는 바람에서 시작되었다
아버지는 바람을 낳고 바람은 예술을 낳고
예술은 가난을 낳고
가난은 부를 창조하고

하루 한 끼는 예술인복지재단 근처 식당에서
포스트모더니즘으로 식사한다는 그녀
이 식당의 추천 메뉴는
스테이크와 앙데니* 바람피자다

나는 그녀 부자 애인이 사 주는 밥을 먹으며
접시에 담긴 시금치 스프 맛이 고소하다고 느낀다
내 안에도 고양이 몇 마리 사는지
갸르릉 소리가 난다
후식으로 나온 브라보콘에서도 촉이 느껴진다

바람의 계보를 따라가면
바람의 후손들이 모여 사는
에덴동산이 나온다

* 달콤함의 끝판왕이라 불리는 단팥빵.

모자보건센터 607호실

'오늘 밤, 오늘 밤을 못 넘길 듯해……' 복도를 서성이는 남자의 목소리 방염커튼으로 스며든다 오늘 밤 나는, 4일간 나오지 않던 수술 가스가 나왔고 저녁 식사로 나온 미음 국물을 먹었고 전화를 받을 수도 있고 트랙 같은 복도를 두 바퀴나 돌았다 무통 주사를 뺐고 옆구리에 달았던 피 주머니도 떼어 냈다

수액 주머니에서는 맑은 생각이 흘러들어오고 줄을 대지 않고도 소변을 시원하게 보게 되었고 아랫배 통증도 가라앉았다 간호견습생들이 손등에 벌집을 만들어도 참았고 민둥머리 여자가 내 앞을 지나갈 때, 화장실 세면대에 고인 그림자에 시선을 두기도 했다

오늘 밤 나는, 첫아이를 안던 순간의 감개무량에 대해, 내 배에서 나온 물고기에 대해 물고기 배에서 나온 요나에 대해 풍랑이 일던 바다를 잠재운 기도에 대해 기적 같은 내 삶에 대해 생각하고 있었다

한 시간에 한 번 체온과 혈압, 맥박을 재러 오던 간호사들도 오늘 밤엔 잠잠하고 방염커튼으로 스며든 오늘 밤의 무게만 숨소리를 낮추게 한다

오늘 밤이라는 장르와, 오늘 밤으로 요약되는 한 사람의 일
생을, 수액 주머니가 한 방울씩 내보내는 말씀을 새기며 나는
내 심장 소리에 가만히 귀를 기울인다

강성남
2009년 〈농민신문〉 신춘문예 등단. 2018년 〈전태일문학상〉 수상

재단사는 떠난다

김 보 나

모래로 된 도시였다. 이곳에
아는 사람이 있을 리 없는데

신호등을 건너고
아까시나무를 지나
검은 문 앞에 도착했다.

계십니까

벨을 눌러도
나오는 사람은 없고

메모를 남길까
발을 구를까

나는 재단을 하러 왔는데

코트를 벗고 다가가
양팔을 넓게 벌리세요

긴 줄자로 당신의 몸길이를 재며
포옹과 비슷한 자세를 하고

다 끝났습니다
하고 말해야 하는데

구두 아래로 햇빛이
가시처럼 늘어나고

손목에 찬 바늘꽂이에서
바늘이 길어지고

문득 눈이 따끔거려서
손을 들어 닦았는데

재가 묻어 나왔다
아니다
금모래일지도 모른다

불시에 찾아오는 건

재단사만이 아니로군

나는 천천히 뒤돌았다
넓게 펼쳐진 모래가 반짝이는 곳이었다

오래 걸었다 우연히 허방을 디딜 때까지

토르소

욕조에 작은 고무공이 가득 들어차 있었다
희고 파랗고 차가운 공 속으로
발목부터 넣었다

허벅지까지 담그면
한 무더기의 공이 내 무게만큼
욕조 바깥의 세계로 탈출한다

창밖은 밤

스쿨버스가 낸 경적소리가 귓가에 울렸다

바깥에서는
아이들이
내리고 있겠지

끝없이
내리고만 있겠지

몸을 일으키려고 하는 그때

나 대신 공이
무리 지어 굴러가기 시작했다

푸른 공이
거실과 문밖으로 우르르 굴러가는 풍경

그때서야
엎지르지 않으려고
살아왔다는 걸 알았다

공은 희고 푸르고 차가운데
나는 어디에도 우러나지 않는다

김보나
2022년 〈문화일보〉 신춘문예 당선

나의 시詩 나의 생生

선함의 섭리 속에서 나의 문법은 사랑

한 분 순

선함의 섭리 속에서
나의 문법은 사랑

한 분 순 시인

문학은 아날로그 마법이다. 물질화된 계시를 천재의 파격으로 이룬다. 건방지게 말하면 그렇다. 나의 문학은 다정함이다. 읽는 이를 높이 여기며 금세기 디지털 르네상스 속에서 서정으로 밝음을 건넨다. 예술의 목표는 예술이되 선한 개인주의가 된 신세기에, 설레는 이야기와 심장처럼 뛰는 운율로 읽는 이를 받든다. 그 내용에 곁들여서 형식을 시대 정신과 맞춘다. 내가 있는 시조 장르는 두근두근의 시학이다.

'그대의 끼니가 아름답기를', 나의 시이다. "정좌해 명상하는 / 잘 헹군 밥공기 // 달처럼 내어 주며 / 포만을 나른다 // 달그락 기도 올리며 / 품 넉넉히 밝은 몸"

시인 품성은 성경처럼 엄격하면서 반항적 완전성을 갖춘 바람결만큼 자유롭다. 잊지 않는 것은 사람에게의 극진함이다.

제10회 정운시조문학상 수상
구상 선생님과 함께
1990년

'그대의 끼니가 아름답기를', 사소하되 극적인 축복이며 어여쁜 고백이 된다. 예법과 상냥함의 세계관이다. 시편 속에선 사물들마저 스스로를 가다듬으며 삶은 기뻐진다.

'연애의 교리', 자작시이다. "네 생각 가득해서 / 턱 괴는 버릇 들지 // 심장은 낭만주의 / 설렘을 먹고 사는 // 사귀자, 계산적으로 / 귀신조차 겁내게"

마음의 위성과 같이 반짝이는 달은 다시금 가득해진다. 그렇듯 글쓰기에 생활과 신비함이 함께하기를 바란다. 선문답이라든가 추상의 요새를 쌓는 기교만큼 일상의 시공간에 닿음이 뜻있다. 교리든 이념이든 큰 깊이의 바탕은 결국 사람이다. 작정하지 않은 연애처럼 만나게 되는 글을 쓴다.

서울신문 출판부 부국장, 1995년

　삶의 이력에 서로 다른 속성들이 깃든다. 시인이며 저널리스트로 감성과 이성의 경계를 넘나드는 것이다. 서울신문 신춘문예 등단, 서울신문 기자 생활, 여러 문예지들과 신문사들에서 많은 군상을 겪으며 인간에게의 시선이 유연해졌다. 달콤한 위로를 작법의 지향으로 하는 까닭이다. 문학에만 정진했다면 선악을 나누는 규율주의자가 되었을 것 같다. 기하학 시대 섬세 정신처럼 다면의 수련이었다며 오만스럽게 자평하지는 않겠다. 글쓰기가 충만해지기는 했다. 선과 악이 편직되어 달라진 인간성을 간파하는 탐구가 긴실하다. 현대시는 필력을 광고 문구와 겨루므로 시인은 각각의 심정을 낱낱이 알아야 되는 존재이다.

　거장들로부터 사사 받음은 문학청년으로서 축복이었다. 대학 문창과 은사님들, 젊은 기자로서 글을 청탁 드리던 작가님들, 현대 문학의 위인들이셨다. 문화부 일을 하며 필자님으로 만나 달걀노른자 얹은 아침 다방 커피를 대접하면서 문학 이야기를 귀하게 듣던 감명이 생각난다. 가까이에서 거장들을 뵙는 것은 작문과 인간 됨을 함께 학습함이다. 작은 사물 속의 경이로움을 아는 넉넉한 품이 큰 사람 만듦을 깨달았다. 문예 사조엔 마음을 두지 않으면서, 낭만이든 참여든 갖은 스펙트럼을 작품에 넣는다. 시편마다 그 테제에 맞춰서 문체마저 다르게 함이 작가에게 요청되는 새로운 충실함이다.

'노을, 멋을 갓 익힌 젊은 게이처럼', 최근 발표했던 시이다. "새 옷들 사들이려 설움을 내다 판다 // 멋을 갓 배운 / 게이같이 / 슬프기에는 너무 예쁜 // 노을이 꽃 벼락처럼 마음을 들고 튄다."

지극히 개인적인 서사마저 공동체 역사와 같이하므로 이 시대의 풍경을 주시해야 된다. 페미니즘, 동물권, 인류애 그런

김대중 대통령 내외 일간지 여기자 초청 오찬, 1998년 8월 20일

세계시인대회 금강산호텔 앞에서 왼쪽부터 이수익 강은교 신달자 유안진 한분순
2005년 8월 12일

공식화된 선포의 구획에 동성애 게이를 받아들이는 요즘이다. 남성성으로 일구었던 문명과 올바름의 여성성에 더하여 신규 성별과의 공존이 화두가 되었다. 그 정체성을 재단하기 앞서서 포용하는 속 깊음을 생각한다. 본질을 관통하지만 실존을 연민함이 문학의 체온이라 여긴다.

글쓰기란 삶을 대하는 좋은 눈을 갖추는 여정이다. 시인은 그 생기로 현대인의 우울을 쓰다듬는 것에 복무해야만 한다. 장르에의 애정으로 수식어처럼 '시조'를 시인 앞에 붙인다. 시조 시인으로 정형시를 쓰지만 자유시와 다르지 않다. 형식 규격 아닌, 간결히 조절된 낱말들로 자아내는 감수성 리듬, 그것이 정형시의 맵시이다. 자유시든 정형시든 간추리지 않은 어휘들로 운문을 산문처럼 쓰는 게으름에서 나와야 된다.

작가는 문장으로 기여하면 되지만 문단에 단체는 필요하다. 시인협회라든가 여성문학인회를 포괄하며 섭렵함은 친교만이 아니다. 단체가 있어야 작법을 탁마시킬 포럼이나 국제 행사가 성사된다. 세미나에 왔던 해외 교수는 각국 문인들이 시조 장르를 창작해 본다면 글에 신선한 자극과 리듬을 갖출 것이라 발표했다. 문학 단체는 닫힌 카르텔이 될 수 있되 잘 활용하면 언어 국경을 넘어서는 통로의 기능을 해낸다. 창작은 격정이면서 고독이다. 문단이 예전의 살가움을 되찾기를 기다린다.

'지그시, 봄', 나의 시를 올려둔다. "갓 물오른 눈꼬리 / 가지런히 삽상한 // 곡마단 구경하듯 / 흰 이를 드러낸 봄 // 어깨를 지그시 안는 / 격려로 바람결 // 영원을 다스리려 / 낯가리던 꽃 벙글어 // 서둘러 눈뜨는 것 / 슬기며 미쁨이다 // 참하게 피어오르니 / 기도처럼 품으며"

이 글을 싣는 '계간 시마'처럼 문예지는 보배롭다. 작가를 활자의 사육제에 초대하는 것이므로 그 고마움이 짙다. 문장에서

개성 선죽교에서 6.15민족문학 남측협회 대표들 오른쪽부터 김형수 한분순 강태형 고명철 도종환 김재용 등 남북조직위원들, 2005년 12월 2일

한국시조시인협회 이사장 취임 흥사단 강당에서, 2009년 2월 18일

착안은 정령의 작용을 받아야 될 만큼 아득하다. 그런 작가에게 문예지 게재는 창작 추동력이다. 편집인으로 다수의 문예지들에서 일했던 날들을 생각하며 푸른 결기를 되새긴다. 원죄처럼 된 허무로 쓸쓸해진 현대인 곁에서 문학은 해독제가 된다. '계간 시마'는 예지와 감각이 다차원을 축성하는 필력의 우주이다.

'사랑이라 쓰려다 너의 이름을 쓰며', 곁들이는 나의 시이다. "꽃들을 걸어 뒀지 / 너의 셔츠 단추에 // 옷깃을 잘 여며요 / 나에게만 열어 둬 // 사랑을 받아쓰려다 / 어쩐지 쓴 너의 이름"

소녀 소년 그림자가 길어진 어른, 그렇게 다들 사랑을 하면 시인이 된다. 자연 속의 피조물에게든 사람에게든 잘 반하는 성정이라서 시인이 된 것 같다. 꽃이 그냥 저절로 예쁘듯 저마다 재주를 지닌다. 필력이 주어진 솜씨라면 그 은총으로 독자들에게 글을 봉헌해야 마땅하다. 사랑은 그저 정서적인 환각이지만

한국여성문학인회 역대 회장들 문학의 집 서울에서
왼쪽부터 김지연 송원희 김후란 김남조 한분순, 2013년 3월 26일

인간 감정에서 극점이므로 만족을 드릴 수 있게 무엇이든 연애시처럼 쓰기를 좋아한다. 서정시는 혁명만큼 나은 세계를 이룩할 동력이다.

'바람', 대표작 시를 여기에 필사하여 놓는다. "한 / —올 / 손에 쥐고 / 가만히 들여다본다. // 풀내, / 꽃내가 섞여 / 머리가 말갛다. // 그 속에 / 숨을 포개면 / 큰 문이 열린다."

작가와 독자의 관계는 고백하진 않은 연인처럼, 바람이 그 등 뒤를 껴안아 주듯, 조용히 서로를 구함이다. 입체 감응을 만들어 내는 궁극은 언어이며 그 텍스트의 힘은 서정에서 나온다. 요요하게 근면히 전적으로 애호될 즐거운 통찰을 쓸 것이다. 애달픔을 습벽으로 하는 문단은 환함의 악력을 연마해야 한다. 씁쓸함이 있어야만 명문장이라는 겉멋을 버려야 된다. 설법은 경전에만 놓이지 않으며 광대의 입술 위에까지 있다. 섬처럼 외로

유심작품상 특별상 수상 만해마을 문인의 집 대강당에서
왼쪽부터 홍사성 김일연 이경자 최도선 한분순, 2021년 8월 11일

움을 안으면서 원소화된 현대인에게 시는 함축된 주술과 같다.
선함이 실현되리라는 섭리 속에서 사랑이 나의 문법이다.

한분순(韓粉順)

서울신문 신춘문예(1970년) 시조 부문 「옥적玉笛」 당선.

한국문학 취재부장, 소설문학 편집부 주간, 서울신문 출판편집국 부국장, 세계일보 편집국 문화부장 부국장, 한국신문윤리위원회 윤리위원 등.

한국문인협회 시조분과 회장, 한국문인협회 부이사장, (사)한국시조시인협회 이사장, (사)한국여성문학인회 이사장 등.

現 한국시조시인협회 명예이사장, 한국여성문학인회 고문, 국제펜한국본부 자문위원, 한국문인협회 자문위원, 한국시인협회 이사.

시집 『실내악을 위한 주제』 『서울 한낮』 『손톱에 달이 뜬다』 『저물 듯 오시는 이』 『언젠가의 연애편지』 『시인은 하이힐을 신는다』 『우리시대 현대시조 100인선 소녀』 『한국대표명시선 100 서정의 취사』 등.

수상 대한민국문화예술상(문학) 및 대통령 표창, 한국시조문학상, 정운시조문학상, 한국문학상, 가람시조문학상, 현대불교문학상(문학), 예총예술문학상 공로상 및 대상, 국제펜한국본부 송운시조문학상, 유심작품상 특별상 등.

시마詩魔 특집
시詩대, 공감

나태주 - 유수진 시인

지난 여름이었다

장소: 송산도서관 다목적강당
일시: 2022년 8월 25일(목)
시詩대 공감 : 나태주 _ 유수진 시인

지난여름이었다. 볕은 따가웠고 가끔 부는 바람조차 뜨거웠던 팔월에 나태주 선생님을 뵈었다. 송산도서관 상주작가, 이도훈 시인이 "시대, 공감"이라는 주제로 강연회를 기획해서 나태주 시인을 초대작가로 모셨다. 시대! 시대를 어디서부터 어디까지 구분해야 할지 무척 난감하다. 지금 우리는 코로나 팬데믹을 지나는 중이다. 시간은 흐르는 물과 같아서 돌이켜 만져 볼 수 없다. 그렇지만 곧 그리운 시간이 되어 시대의 이름을 부여받을 것이다. 그때 우리 시대는 어떻게 규정될까.

　우리에게 매우 익숙한 키워드는 공감이다. 우리는 공감받고 싶어 한다. 공감을 받으려고 발버둥을 치고 웃고 떠들고 운다. 그래도 안 되면 폭력으로 공감을 강요하기도 하고 강요받기도 한다. 공감을 표준대국어사전에서 찾아봤다.

공감은 '남의 감정, 의견, 주장 따위에 대해 자기도 그렇다고 느낌'

　이라고 쓰여 있다. 나태주 시인은 현시대에 독자의 사랑을 가장 많이 받는 시인이며 후배 문인들에게 존경받는 시인이다. 나태주 선생님은 도대체 어떤 마음으로 시를 쓰시기에 수많은 독자로부터 공감을 끌어냈을까, 꼭 여쭤봐야겠다고 생각하며 송산도서관에 도착했다.

　나태주 시인은 설명이 필요하지 않은 시인이다. 나태주 시인은 우리 시대 시 영역에서 한 가지 정의처럼 작용한다. 나태주 시인이 시의 정의 중 하나가 되는 데는 독자의 힘이 컸다. 독자들이 나태주 시인을 호명했다. 또 나태주 시인은 (사)한국시

인협회 회장을 역임한 문단의 어른이시다. 후배 문인에게 존경받으면서 선배 문인에게는 인정받는 시인이어야 한국시인협회 회장이 될 수 있다. 둘 중 하나만 갖추고 있다면 한국시인협회 회장이 될 수 없다. 독자에게는 공감과 사랑을 받으면서 후배 문인으로부터는 존경받고 선배 문인에게 인정받은 비결이 무엇일까.

챙 있는 모자를 쓰고 강당으로 들어서는 나태주 선생님은 삼베옷을 입은 소박한 모습이었다. 멋스럽고 단아하게 강당 안으로 걸어들어오는 선생님의 기운은 담백하고 따스했다. 시력 오십 년, 나태주 시인은 어떻게 오십 년이라는 긴 시간 동안 시를 쓰며 살았을까. 가끔 친구들이 말한다. 낙엽이 예쁜 날이네, 이런 날이 시 쓰기 좋은 날이지? 그런 이야기를 들으면 음, 글쎄... 라는 대답을 목구멍으로 삼키며 애매한 미소만 짓는다.

비가 와서 시를 쓰고 비가 안 와서 시를 쓴다. 가을이어서 시를 쓰고 가을이 아니어서 시를 쓴다. 너무 볕이 따가워서 시

를 쓰고 구름이 잔뜩 껴서 시를 쓴다. 그렇게 쓰는 이가 내가 아는 시인이다. 그러지 않고서는 오십 년을 쓸 수 없다. 한두 편 잘 쓴 시가 있다고 해서 그를 시인이라 부르지 않는다. 물론 우리는 모두 시인일 수 있고 반쯤은 시인이기도 하다. 그렇지만 시를 쓰는 사람, 시인은 걸어가면서도 앉아서도 시를 생각하고 시를 쓰는 사람이다. 그렇게 시를 시도 때도 없이 생각하다 보면 조금 느슨해지기도 하는데 그럴 땐 시가 나한테 온다. 어깨를 톡톡 두드리기도 하고 귀를 간질이기도 하고 나를 붙들고 한참을 흔들 때도 있다. 나태주 선생님은 본인을 이렇게 소개하셨다.

나는 공주 사는 사람이고 나는 시 쓰는 사람이에요.

이 짧은 자기소개는 곱씹으면 곱씹을수록 힘이 느껴졌고 깊어졌다. 팔월, 그 뜨거운 태양이 팔팔 끓고 있었다. 이제 절기상 소설도 지나고 곧 대설이 코앞인 십일월에 팔월의 어느 하루를 글로 쓴다.

나는 공주 사람이고 나는 시 쓰는 사람이에요.

그리고 나는 생각한다. 이 문장이 바로 나태주 시인의 시 쓰기법이구나. 어려운 말도 없고 기교도 부리지 않고 치장하지 않는 말투, 나태주 시인의 말투이다. 읽을수록 힘의 존재를 들키는 말투이다. 그런 말투로 나태주의 시는 독자에게 말을 걸고 있었다. 시집 표지를 보는데 제목이 말을 걸어온다면? 어찌 그 책을 그대로 서점에 두고 올 수 있겠는가. 표지를 열고 본문을 펼쳤는데 시가 툭 툭 담백하게 말을 걸어온다면 어찌 외면할 수 있을까. 나태주 시는 독자에게 말을 걸고 있었다. 나태주 선생님은 강연 내내 독자들과 눈을 맞추며 말을 걸듯 편안하게 시간을 이끌어 가셨다. 어떻게 흘렀는지 모르게 약속한 시간이 다 되었다. 나태주 시인의 강연회를 대화와 공감이라고 규정하고 싶다. 어려운 말은 하나도 없었다. 혹여 처음 들어보는 낱말을 말씀하실 때는 그 낱말을 처음 알게 된 사정을 짧은 이야기로 들려주셨다. 그리고 한마디를 덧붙이셨다. 나도 모르는 게 많아요. 배우면서 살고 있어요.

감정이든 의견이든 주장이든 남의 것임에도 불구하고 마치 내 것인 듯, 마치 내 마음인 듯, 마치 내 의견인 듯, 함께 주장하는 심정이 되는 지경이 공감이다. 공감하고 공감받으려면 소통해야 하고 소통하려면 주고받아야 한다. 이제껏 글로 그림을 그리는 심정으로 글을 써왔다. 앞으로는 글로 그린 그림이 말을 걸고 대답하고 끄덕이는 심정으로 시를 쓰고 글을 써야겠다. 강연회 사회를 보러 갔는데 강연회 맨 앞자리에 앉아서 묻고 듣고 한 듯하다.

나태주 선생님은 입고 있는 삼베 윗옷의 앞섶을 엄지와 검지로 만지며 독자들에게 말하셨다. 이 옷은 시신을 염할 때 사용하는 삼베로 지은 옷이에요. 부인과 처제가 차라리 살아있을

때 많이 입으라고 해서 이렇게 삼베옷을 지어서 입고 다녀요. 나태주 선생님이 오랫동안 건강하시길 기원한다. 글로 하는 대화의 기술과 강연으로 행하는 공감의 기술을 계속 보여주셨으면 좋겠다.

사회: 유수진(전북일보 신춘문예, 제주4·3평화문학상 당선)

초대 작가: 나태주(서울신춘문예 당선, 한국시인협회 회장 역임)

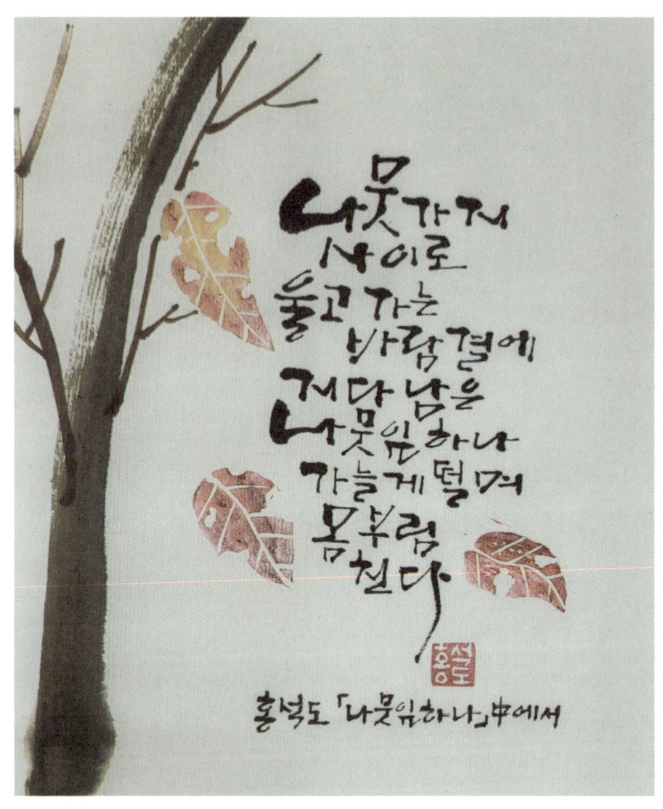

홍석도

제15회 이천 전국서예대전 캘리그라피부문 특선
제1회 정지용 캘리그라피대전 특선
외 다수

세계의 시詩

– 프랑스 편

김미경

_초록 회오리바람,

알랭 마방쿠Alain Mabanckou

초록 회오리바람,
알랭 마방쿠
Alain Mabanckou

김미경

대서양을 품에 안은 밀림의 나라, 카리브 제도로, 아메리카로 흑인들을 실어 날랐던 그곳, 노예무역의 피해가 가장 극심했던 곳, 아프리카 콩고. 바다가 데려간 사람들을 생각하며 수평선 너머 침묵의 외침을 날마다 들은 시카야 유 탕지Tchicaya U Tam'si[1]은 시인이 되었다. 앙리 로페즈Henri Lopes는 콩고의 전통적인 가부장 사회에 반기를 들고, 정치적 현실을 날카롭게 비판하는 작품들을 선보였다. 콩고는 열대우림 사이로 도도히 흐르는 콩고강을 젖줄 삼아서 창작의 인큐베이터처럼 착실하게 위대한 예술가를 배출해왔다. 군부 독재자들의 폭압을 다룬 소니 라부 탕지Sony Labou Tansi의 『인생과 반』La vie et demie

---

1) 마방쿠는 시카야 유 탕지를 매우 존경하는 시인으로 뽑는데 시인이 태어난 곳, 엠필리 Mpili를 방문해서 그에 대한 에세이를 썼다. "엠필리는 예술가의 땅이다. 만약 그곳에서 시인들이 탄생했다면 그것은 다 대서양 덕분이다. 그곳으로부터 수많은 조상이 노예로 팔려나갔던 이야기를 대대손손 들어야 했기 때문이라고 콩고인들은 생각한다."

Alain Mabanckou facebook 사진 캡쳐

은 베스트셀러의 반열에 올랐다. 콩고의 생산력은 소니 라부 탕지Sony Labou Tansi를 배출하고도 여전히 왕성하다. 그들에 이어 알랭 마방쿠Alain Mabanckou는 어떤가. 그는 콩고 공화국[2]의 경제의 중심지라고 할 수 있는 포앙트-누아르 Pointe -Noire에서 1966년 태어났다. 프랑스로 떠나기 전 그는 루보루 강의 농사꾼이자 바나나 상인인 어머니와 호텔 리셉션에서 일하는 양아버지와 함께 살았다. 스물두 살의 나이에 프랑스로 건너온 그는 어머니의 바람대로 법을 공부했다. 그의 트렁크 속에는 오래전부터 써온 시 꾸러미가 있었다. 그의 시는 더 오랫동안 출판사들의 퇴짜를 받고 그의 방 한구석을 차지했다. 대학을 졸업한 후 변호사로 10여 년 근무하는 동안에도 그는 끊임없이 시와 소설을 썼다. 1998년 그는 첫 소설 『파랑 하양 빨강』으로 검

---

2) 프랑스의 식민지였던 콩고 공화국, 흔히 수도, 브라자빌을 연결 지어 콩고 브라자빌 Congo-Brazzaville이라고 한다. 다른 콩고는 벨기에 식민지였던 콩고 민주 공화국으로, 수도는 킨샤사로, 콩고 킨샤사 Congo-Kinshasa라고 불린다. 원래 하나였던 콩고는 식민 지배의 편의상 이렇게 둘로 나누어졌다.

은 아프리카 문학상[3]을 받게 된다. 그의 말대로 운이 좋게도, 그는 2006년부터 미국의 UCLA에서 프랑스 문학과 비교문학을 가르치게 됐다. 『아프리카 술집, 외상은 어림없지』Verre cassé에서 아프리카 특유의 해학과 유머를 보여주었고 2006년 그에게 르노도 상의 영광을 안겨준 『가시도치의 회고록』Mémoires de porc-épic를 출판하였다. 인간에게는 자신의 영혼과 연결된 분신 같은 영혼 동물 double animal이 존재한다는 아프리카의 전설을 바탕으로 써진 소설이다. 두 권의 소설은 한국어로도 번역되었다. 시집으로는 1997년 『나무들도 역시 눈물을 흘린다』, 1999년 『새가 새로운 시대의 새벽을 알릴 때』, 2004년 『나무들이 땅에 뿌리를 박고 있는 한』, 2016년 『콩고』 등 다수의 작품이 있다.

그의 시는 고국으로 떠나는 여행이다. 오래전 떠나온 그곳, 너무나 그리운 고장, 밀림의 동물을 동네에서 볼 수 있는 어머니의 땅이다. 그의 소설 속 화자가 아저씨의 구수한 입담으로 온갖 이야기를 가차 없이 까발린다면 그의 시적 화자는 수풀을 헤치며 무람없이 숲으로 들어가 밀림의 동물들과 조우하고 누

아프리카 술집, 외상은 어림없지 Verre cassé

렸던 희열과 열정을 비행하는 새의 시선으로 섬세하게 서술하고 있다. 숨 막히는 열기와 습기 속에서 대기와 하나가 되길 꿈꾸는 소년의 감수성을 만나는 곳이다. 서정적인 이야기의 중심에는 어머니가 있다. 그는 어머니에게 하나밖에 없는 아이였기에 특별한 사랑을 받았다. 그에 보답이라도 하듯이 그는 어머니를 문단의 유명 인사로 만들었다. 폴린 켕게 Pauline Kengué 그의 어머니의 이야기를 빼놓고 그의 시를 이야기할 수 없기 때문이다.

그는 어머니에 대해서 이렇게 서술한다. "어머니는 조국, 관계, 추억 그리고 시작과 끝이다."[4] 그에게 시를 쓰는 일은 방랑자 혹은 방황하는 자가 비상구나 은신처 같은 공간을 찾는 것이고 자신의 공간과 세상의 공간 사이의 안전지대를 확보하는 일이다. 그는 시를 통해 자신이 속했던 곳, 어린 시절의 향수가 고스란히 남아있는 곳을 찾아간다. 그의 시집의 제목이기도 한 『나무들이 땅에 뿌리를 박고 있는 한』은 나무가 그에게 의미 있는 존재, 상징적인 존재라는 것을 말해준다. "나의 각각의 시 안에서 나무는 하나의 지표이고 땅은 기억인 것에 반해 헤맴은 많은 대륙을 횡단하게 이끌었다." 마치 나무는 원심력의 축처럼 작가의 방황이 탈선되지 않도록 잡아주었다. 여기서 시는 마치 열대우림의 토양처럼 풍요로운 상상력의 공간으로 변모된다. 그의 말처럼 "시는 나의 호흡의 영토가 될 것이고 결국 그렇게 남았다. 나의 비밀 장소는 낡은 가구들이 나의 즐거움, 나의 고

---

4) 알랭 마방쿠 『나무들이 땅에 뿌리를 박고 있는 한』 포앙출판사, 2009, p. 10-11.

통 그리고 나의 희망과 함께 현기증처럼 뭉친 곳이었다. 누군가가 나에게 시에 관해 이야기할 때, 내가 음악을 들을 때, 모든 일에 앞서, 나는 나의 어머니를 생각한다. 폴린 켕게, 나를 시인으로 만든 이 여인을 다시 보았다. 이 여인은 바로 나에게 『가시도치의 회고록』을 이야기해준 장본인이기도 하다. 나는 이 여인에게 이 시집 『나무들이 땅에 뿌리를 박고 있는 한』을 바친다."[5]

이 고백이 절절하게 다가오는 이유는 시집 『나무들이 땅에 뿌리를 박고 있는 한』은 그가 어머니의 부음을 들은 후 어머니를 바로 찾아가지 못하는 고통으로부터 잉태되었기 때문이다. 내전 한가운데 있는 콩고로 떠나지 못한 그는 낡은 집의 긴 계단을 내려가 초를 사서 불을 밝힌다. 그가 촛불을 밝힌 채 책상 앞에 앉았다. 그는 어머니의 마지막 모습을 떠올리고 있다. 어머니는 프랑스로 떠나는 아들을 다시는 보지 못할 거라는 것을 알았다.

나의 어머니

나의 어머니 폴린 켕게에게 바칩니다.

나는 이 영토의 심장에 나의 깃발을 심었다
그러나 고향에서 멀리 떨어져 있다
나는 날개를 부러진 채 이동하는 새

지금 한 발로 서서 춤추는 법을 배운다

---

5) Ibid, p.12-13.

두 발로 춤추던 전통을 잊어버린 채
내 고장의 붉은 땅은
마지막 이동 후에도 여전히 나의 발바닥을 기억하
고 있다.
잠이 내 눈꺼풀에 내려앉는다
하지만 나는 한 눈만, 한 귀만 감은 채 잔다

나는 마지막 잎새의 운명과 진배없다
내가 떨어져 나와 바람에 몸을 맡긴 채 날아갈 때
그리고 강의 흐름에 몸을 맡기고 떠내려갈지라도
나의 모든 생각들은 이 이름으로 되돌아온다, 콩고

현재, 나는 더 이상 저항하지 않는다
고통이 나를 불면이 내 눈꺼풀 위에
귀신처럼 맴돌던 시간으로 소환할 때
나는 우리 마을에서 밤에 돌아다니는 영혼들과 마
주한다
그리고 나의 심장은 임박한 회오리바람에 의해
겁에 질린 한 떼의 짐승들의 리듬에 맞춰 뛰기 시작
한다
내 고향의 메마른 땅에 물을 대기 위해
줄줄 흘러내리는 눈물이 나의 고통의 침대에 넘쳐
흐른다

내가 이 기나긴 여정을 마치고 돌아갈 때

내 집 대문은 잠겨 있을 것이다
근처에서 마지막 풀을 뜯는 양무리들만 보일 뿐
나는 공동묘지로 가는 길에 들어설 거다
나는 외로이 서 있는 이 무덤을 보겠지
나무 옆에 서 있는 무덤
나무는 나의 첫 시를 세상으로 내보낸 그 나무다

거기에 그녀가 있다. 나의 엄마
나 또한 오랫동안 거기에 머물러 있다

『작가와 이동하는 새』[6] 중에서

그는 늘 이동하는 게 삶인 새의 운명을 가지고 태어났다. 고향에는 그 새가 잠깐 지친 다리를 접고 웅크릴 무성한 나무들이 자라고 있다. 콩고를 떠나 오랫동안 고향을 등지고 대륙을 넘는 숨 가쁜 이동 속에서 유목민의 삶이 주는 고통과 어려움을 견디게 하는 힘은 시를 쓰는 기쁨이었고, 시를 통해 그는 어머니를 느끼고 따뜻한 위로를 받았다. 그의 기억 속에 생생하게 살아있는 어머니가 나무처럼 서 있는 땅, 그 땅을 생각하며 그는 마음껏 새로운 세상을 경험하고 변화를 갈망하는 마음을 품을 수 있었다. 하지만 비행을 하면서 그의 내부의 외침, 허공을 향해 던진 질문, 빈 메아리, 거대한 세상의 무관심과 내적 불안이 증폭되는 것을 경험한다. 이 모든 것들이 파동이 되어 쉼 없이 작은 새의 몸에서 흘러나오고 시는 그것들을 응축하여 받아낸다.

---

6) 알랭 마방쿠 『작가와 이동하는 새』, 앙드레 베르사유 출판사, 2011, p. 112-113.

알렝 마방쿠 / Alain Mabanckou

　시집, 『나무들도 역시 눈물을 흘린다』 출판 후 2년
이 지나서야 위안이 찾아왔다. 나의 엄마는 포앙트 누아
르의 몽고-캄바 묘지에 모셔졌다. 나의 고국은 지금 내
전으로 어둠에 휩싸여 있다. 반군들은 서로 대립하면서
국민을 갈등의 볼모로 잡고 있다. 잔인함의 연대기는 신
문과 증언을 통해 나에게도 전해졌다. 나는 동물들을 생
각했다. 그리고 모든 것이 평화로웠던 고장을, 지금은
모든 것이 야만의 구렁텅이 속으로 빠진 고향의 운명은
어찌 될까 근심했다. 이 시집은 백기를 든 것과 같다. 나
의 휴전 요청이다.[7]

　국경을 횡단하고 대륙을 넘나드는 긴 비행 속에서 새는 절
망적으로 떠나온 땅을, 고국의 여러 신호를 쫓고 있다. 콩고는
몇 개의 현기증으로 축약될 수 있는 나라다. 마방쿠의 「콩고 이
력서」[8]에 따르면

---

7) 알랭 마방쿠 『나무들이 땅에 뿌리를 내리는 한』, 포앙 출판사, 2017, p. 12-13.
8) 알랭 마방쿠 『콩고』, 잉크병의 추억 출판사, 2015, p. 13.

"겪을 것은 다 혹은 거의 겪은 나라, 1963년 쿠데타, 1968년 쿠데타, 1977년 쿠데타, 1979년 쿠데타, 1993년에서 2002년까지 쭉 내전"

나라가 한순간 너무 조용해졌을 때 사람들이 이런 말을 했다. "정말 이상한데 이건 정상이 아냐! 벌써 5년이나 됐다구! 쿠데타와 전쟁 없이! 도대체 무슨 일이 벌어진 거지? 사람들이 다 손을 잃은 거야? 아님 뭐겠어!"

그 밖에도 그의 설명에 따르면 콩고는 프랑스의 드골 대통령이 죽지 않았다고 믿는 유일한 나라이고, 콩고 킨샤사와 함께 룸바의 요람이며, 군인들이 민간인보다 더 지적인 나라이다. 시인의 유머는 어떤 일이 일어나도 놀랄 것이 없는 곳에서 자란 사람의 자소와 부조리한 상황에 대한 조롱을 담고 있다.

더 나아가 마방쿠의 시에는 모호성이 있다. 그 모호성은 경계를 뛰어넘는 초월성을 지닌다. 즉 모호성은 망명, 방황, 분열 위에 포개진 긴장을 재생산하는 역할을 한다. 마방쿠 시의 독자들은 위기가 갖는 의미, 새로움에 집착하는 탐색의 여로들을 따라갈 수 있다. 『닭이 새로운 시대의 새벽을 알릴 때』라는 시집의 제목이 암시하는 것처럼 말이다. 여기에서 시는 고국에 대한 고백으로 이어진다. 루쿠라 강, 마욤배 숲, 콩고강은 그의 서정의 중심축이자 작은 섬처럼 그의 기억 속에서 옹기종기 모여있다. 시인은 콩고의 고통을 자기의 고통으로 삼는다. 그의 마을의 속담에 따르면, "나무도 역시 눈물을 흘린다/ 새의 부재가 확실해졌을 때/ 영원히 자기 가지를 떠나갔을 때"[9]

9) 알랭 마방쿠 『나무들도 역시 눈물을 흘린다』, 아르마탕 출판사, 1997, p. 80.

그에게 콩고의 식물들은, 그곳에 살았던 동물들은, 그리고 사람들은 그의 삶의 기억을 보존하는 소중한 존재들이다. 무화과나무는 그처럼 헤맴의 전설을 지니고 있다고 한다. 그를 가장 잘 아는 존재의 죽음을 겪으면서 시인은 자신 안을 꽉 채운 두려움과 고통을 강렬하게 느낀다. 하지만 시인의 고통은 그것을 견뎌냈을 때 더 깊은 의미를 갖는다. "나는 쓰러져간 시간 위에서 닳고 닳은 조약돌이 되길 원한다."라는 고백처럼 말이다.

그는 어린 시절의 숲을 횡단하며 숲의 인내와 노동을 노래한다. 숲의 회오리바람은 땅을 뒤집는다. 뒤집힌 땅은 어린 새싹을 위해 준비된다. 돌들은 이끼와 해조류에 덮여 푸르러질 것이고 짐승 떼들과 새들은 그 길을 횡단할 것이다. 여기저기서 공중에 뜬 삶을 움켜잡으려는 일상의 편린들은 조감도 속에서 추억을 더듬으며 새로운 의미가 된다. 되새김의 노력이 정처 없이 방황하는 새에게 어떤 의미가 될까? 그 의미는 여행의 여정에 따라 변화될 것이다. 이 여행은 이민의 욕망을 실행하기 위해, 혹은 먼 다른 고장을 상상하기 위해, 더 나아가 시의 숨결, 젊음의 열정과 활기로 꽉 찬 에너지를 새로운 고장에 심기 위해 섬세하게 직조된다.

비행의 의미

그의 비행은 그의 정체성을 형성하는 중요한 요소를 만들어 낸다. "바람이 추억 속에 찍힌 모래 위의 발자국을 모두 지운다" 해도 그의 발자국은 거기에 여전히 남아 있다. 왜냐하면 과거에서 빠져나온 체취가 고스란히 그의 동맥 속에 흐르기 때문이다. 시집 『나무가 땅에 뿌리를 박고 있는 한』에서 시적 화자는 "나는 두 개의 얼굴을 가진 산산조각이 난 나의 정체성을 옹호한다." 이야기한다. 그의 정체성은 내일 만나게 될 사람들, 닿게 될 곳, 그리고 새로운 인식과 깨달음을 통해 새롭게 생겨날 것이다. 그의 정체성은 덧셈이고 곱셈이다. 분열과 갈등을 조장하는 나눗셈으로 오랫동안 힘겨운 삶을 영위해 오지 않았던가. 또한 그는 무리를 지어 움직이는 철새 떼 속에서 비행하지 않는다. 새는 홀로 루쿠라 강을 따라 강 하구에 이르고 대서양을 건너고 회전축을 거슬러 날아간다.

마방쿠는 노예선을 타고 강제 이주를 당했던 조상들의 트라우마를 마치 집단 무의식처럼 안고 산 시대의 시인이다. 콩고의 역사를 보면 근 80년 동안의 유럽 열강의 식민지로 많은 인적, 물적 자원이 수탈이 되고 독립 후에도 내전과 쿠데타를 겪어야 했다. 20세기 후반기에 들어서면서 개인의 이주는 경제적, 정치적, 그리고 개인적 동기에 의해 이뤄졌다. 자발적 이동이 더 많아졌다. 마방쿠는 프랑스 국적과 콩고 국적을 가지고 있는데 2004년부터 미국에서 살고 있다. 강제 노역이나 노예무역을 통한 비자발적 이주의 시대와는 다르게 현대를 살아가는 아프리카인들은 자유롭게 이동한다. 그가 처음 프랑스에 발을 들여놓았던 80년대 후반에는 독립 이후 아프리카 국가들에서 발원한 민족주의가 활개를 쳤다. 그것은 흑인 이민자들에게 너무나 강력한 신념처럼 자리 잡았다. 앞서 그의 시를 읽어봐서 알다시피 정치적 색채는 다소 옅은 편이고 조금 더 개인적 서정과 생의 목표를 쫓는 데 초점이 맞춰져 있다. 그 결과 정치적 성향을 강

알렝 마방쿠 / Alain Mabanckou

하게 문학에 반영하지 않는다는 이유로 동향의 아프리카 독자들에게 외면받기도 했다. 프랑스 거대 출판사들은 아프리카 작가들을 외면하고 아프리카 작가들은 똘똘 뭉쳐 거기에 맞서듯 민족주의 성향의 작품을 선별하여 출판하거나 정치적 운동을 같이하는 작가들만 아프리카 문학잡지에 싣기도 했다. 어떤 아프리카 작가[10]들은 서정적인 어린 시절이나 청년 시절을 다뤘다는 이유로, 아프리카의 아름다운 자연과 행복한 시절의 향수를 드러냈다고 강하게 매도당하고 낙인찍혔다.

마방쿠는 창작에 앞서 시의 기능, 혹은 효능에 초점을 맞춘 기회주의적인 선동꾼을 멀리하라고 일러준다. "시는 그것이 가진 기능보다 앞선 것이고 보다 초월적인 가치를 갖는다. 시의 유용성과 시의 역할에 관한 질문은 나중에 해도 늦지 않는다. 몇몇 시인들의 가장 치명적인 실수는 그 기능에 관한 질문을 자

---

10) 카마라 라예의 『흑인 소년』은 이에 가장 딱 맞는 모델이다. 프랑스 유학을 와서 향수병에 걸린 그는 아름다웠던 시절, 부모님과의 행복했던 일들을 회상하며 아프리카의 자연을 아름답게 묘사했다.

신의 시 창작에 앞서 한다는 것이다. 시의 자유로운 흐름, 분출
에 앞서 말이다."[11]

　　우리가 줄곧 읽고 있는 디옵[12]을 소환하는 선동꾼들

　　우리가 내내 읽어 온 파농[13]을 소환하는 선동꾼

　　우리가 읽는 중인 세제르[14]를 소환하는 선동꾼들

　　하지만 이곳에 우뚝 솟은 거대한 산이 있다

　　광대함의 침묵을 간직한 영혼의 산

　　여기 몇 세기 동안 침묵하는 산이다

　　산은 그저 푸른 하늘 한 조각,

　　푸른 풀밭, 아침 이슬,

　　주변에서 풀을 뜯는 양 떼,

　　노래하는 새만 있으면 충분하다.

　　　　　　　　　「나무들이 땅에 뿌리를 박고 있는 한」부분

　　　　　　　　『나무들이 땅에 뿌리를 박고 있는 한』[15]

11) 알랭 마방쿠, 시를 죽이는 사람들에게 보내는 편지 중에서

12) 세크 앙타 디옵 Cheikh Anta Diop, 1923년 세네갈에서 태어났으며 유럽 열강의
　　식민 지배 이전의 아프리카의 역사를 저술함. 고대 이집트에서 발원한 언어와 문화가
　　서아프리카로 퍼져나갔다는 것을 논문을 통해 증명함. 이 논문은 식민 지배 이전의
　　아프리카 문명의 주체성과 독창성을 알리는 계기가 됨. 여기서 시적 화자가 디옵, 파
　　농, 세제르를 언급하는 이유는 선동꾼들이 그들을 제대로 알지 못한 채 그들을 이용
　　하려는 속셈으로 그들을 언급하는 것을 비판하고 있다. 언급된 위대한 학자이자 흑인
　　운동가들은 우리가 밝혀 읽어야 하는 심오한 세계관을 담고 있는데 선동꾼들에 의해
　　잘못 인용되고, 이용되는 현실을 이야기하고 있다.

13) 프란츠 파농 Frantz Fanon, 1925년 막티니크에서 태어났으며 그의 에세이 『검은
　　피부 하얀 가면』을 통해 흑인들의 정체성에 관한 급진적인 시각을 선보임. 흑인들의
　　물리적, 정신적 해방운동에 적극적인 의지를 보였다.

14) 에메 세제르 Aimé Césaire 1913년 막티니크에서 태어났다. 작가로서 문학적인 명
　　성분만 아니라 흑인들의 정신적 지주 같은 존재이다.

15) 알랭 마방쿠 『나무들이 땅에 뿌리를 내리는 한』, 포앙출판사, 2017, p. 270-271.

마방쿠는 과열된 이데올로기, 민족주의에서 시작됐든, 국가주의에서 발원했든, 종교, 피부색, 민족, 국적을 개념으로 형성된 어떤 집단주의도 파벌도 배격한다. 예술가에게 있어서 그런 집단 이데올로기는 안주의 검은 그림자이자 무동력 배에 몸을 실은 채 확성기로 시를 슬로건처럼 외치게 강요한다. 아프리카 작가로서의 그의 어려움은 예술가의 사회적 역할에 대한 지나친 강요였을까? 예술가에게 있어 이것은 감옥과 다름없다. 아프리카 작가라는 무거운 사명과 지위는 자신의 예술성을 꽃피우는 일에 방해가 된다. 아프리카 작가들은 문학은 저항 행위로서 사회 속에서만 문학의 기원과 원천을 가질 수 있다고 오랫동안 주입 받아왔다.

드렉 월콧는 Derek Walcott, 『막티니크의 카페』에서 "많은 흑인 시인들은 자신을 비탄 속에서 가둬 놓았고 그들의 소설을 선전 속에서 가두어 두었다. 과거의 잘못에 대해 사죄를 요구하는 일이 그들의 상상력을 앗아갔다. 그리고 과거의 이름으로 사죄를 요구하는 바로 그 일이 그들에게 위대한 예술이 지녀야 하는 요구사항을 면제시켜 주었다."[16]

물론 당연히 사죄를 요구하고 책임을 묻고 보상을 받아야 마땅하지만 모든 예술성을 그 일에 쏟아붓는 일은 안타까운 일이다. 그건 명백한 손실이고 더 가치 있는 일에 써야 할 현재를 희생시키는 일이다. 이 일에 몰두해 전 생애를 낭비한다면 그 보상은 어디서 받을 수 있을까. 이것은 유럽의 식민 지배를 받았던 후손들, 예술가들이 겪는 문제이다. 정치적 특수성으로 아

---

16) 드렉 월코트, 막티니크 카페, 아나톨리아/르 호세 출판사, 2004, p.14-15.

프리카는 독립된 이후에도 여전히 유럽 정치의 치맛바람에 휘둘렸다. 친유럽 정권이 들어서든, 강경한 민족주의 정권이 들어서든 국민은 수많은 내전과 쿠데타, 독재정권의 폐해를 경험해야 했다. 마방쿠가 대서양에서 잡은 물고기와 콩고에 풍부하게 매장된 석유가 국민의 것이 아니라는 이야기는 유머가 아니다. 개인 소외의 거대한 물결 속에서 개인들은 어떻게 정체성을 찾고 삶의 여정을 개척해야 할까?

이제 인종, 국가, 종교, 피부색, 민족을 개념으로 토대를 이룬 집단 정체성은 개인의 정체성 확립에 방해가 되기에 이르렀다. 집단 이기주의나 이데올로기를 주입하기 급급한 이런 근원주의에 뿌리를 둔 정체성은 예술가들을 숨 막히게 만든다. 마치 어린아이에게 거대한 곰 가죽을 덮어씌운 것과 비슷하지 않을까 생각해본다. 마방쿠는 문학에도 국가 이름이 붙은 문학은 더 이상 유효하지 않는다고 주장한다. 모두가 동등한 세계 시민이라는 기반에서 자신만의 정체성을 가져야 하는 것이다. 이제 개인은 스스로 자기 정체성의 주체가 된다. 개인은 자신의 정체성을 변화시킬 수 있는 존재이며 그 변화를 가장 잘 관찰할 수 있는 존재이다. 그런 의미에서 개인은 더욱더 유일한 존재로서 존엄성을 확보한다. 늘 이동하는 새는 다음에 잠깐 눈을 붙이게 될 덤불이 어떠할지 알지 못한다. 곧 옮겨갈 곳은 어떤 모습일지 알지 못한다. 누구를 만나게 될지 알지 못한다. 곧 새로운 여행을 하게 될 우리가 늘 여행하는 새에게 어떻게 바람을 타는지, 어디서 휴식을 취해야 하는지, 두려움은 어떻게 극복해야 하는지 그 지혜를 물어야 하지 않을까.

알렝 마방쿠
Alain Mabanckou

나는 새에게 다음 덤불의 불확실성을 빌린다

나는 언제 다른 곳으로 떠나갈지 모른다

하지만 세상은 풍요로운 교차로를 내주며

자신을 열어준다

비행이 나를 지탱하고 있다.

나를 지탱하는 것은 세상의 아우성과는 거리가 멀다

가금 사육장도 아니다

싸움을 위해 길러진 닭은 더더욱 아니다

「나무들이 땅에 뿌리를 박고 있는 한」 부분

『나무들이 땅에 뿌리를 박고 있는 한』[17]

---

17) 알랭 마방쿠, 나무들이 땅에 뿌리를 내리는 한, 포앙출판사, 2017, p.246.

그의 시에는 두 개의 얼굴이 존재한다. 삶과 세상에 대한 불확실성에서 기인한 내적 불안, 새로운 세상에 대한 호기심, 그것이 바로 이동하는 존재, 헤매는 존재에게서 인내를 이끌어냈다. 마방쿠는 그것을 잘 알고 있다. 그는 우리에게 이렇게 말한다. "우리는 고통을 완화하기 위해, 글을 쓴다. 우리는 단어들이 파편 위로 달리는 것을 안다. 결코 아물지 못할 상처 위로 달리는 단어들을 깨닫는다." 그의 비행은 그럼에도 불구하고, 그래서 계속되어야 한다는 당위를 담고 있다. 그의 상처 치유는 비행을 통해, 내일의 정체성과 새로운 세계 인식을 통해 이뤄질 것이기 때문이다. 그의 비행이 일으키는 회오리바람이 그와 다음 세대를 위한 실험적이고, 전위적인 운동이 되기를, 또한 예술적 풍요로움으로 돌아오길 기대한다.

* muse.jhu.edu, Project MUSE 등에서 사진을 발췌했습니다.

김미경
2009년 동국대 문화예술대학원 졸업
2018년 10월 소르본 누벨 대학 석사 과정 졸업
Université Sorbonne nouvelle
2018년 파리 에스트 크레테이 대학 박사 과정 시작
Université Paris-Est Créteil (UPEC)
현재, 파리 에스트 크레테이 대학 박사 과정 중에 있음

조향순 시인의
고양이와 산다

#11. 살아줘서 고마워

조향순 시인

[이렇게 근사한 녀석이 돌아온 탕아처럼 후줄근한 모습으로 나타나]

나는 그해 12월과 1월을 몽땅 순땡이한테 바쳤다.

순땡이는 검은 고양이였는데, 목과 배에 흰색을 걸치고 눈은 그윽한 녹색이었다. 헌칠하게 잘생긴 녀석이 순하게 생겨서 내가 순땡이라고 이름 지어준 길고양이다. 옆집과 우리 집 사이의 담 위에 엎드려서 오고 가는 나를 지그시 바라보면서 눈을 맞추곤 했다. 그렇게 1년 가까이 지내면서 기웃거릴 때마다 밥을 주곤 했는데 이상하게도 한참 보이지 않아 이젠 아주 가버린 줄 알았다.

그런데 그해 12월, 첫 추위가 한파로 시작하던 그날에 돌아온 탕아처럼 녀석이 갑자기 나타났다. 근사했던 그 풍채는 어디로 가고 세상에 이런 거렁뱅이가 또 있을까. 어디를 어떻게 돌아다니며 고생을 했는지 뼈만 앙상한데다 엉덩이 부분에 손바닥만 한 상처까지 입고서는 후들후들 떨면서 현관문 앞에 서 있었다. 게다가 사람처럼 누런 콧물까지 줄줄 흘리고 있었다. 그 몰골에 나는 가슴이 무너져 내렸다. 그야말로 죽음의 문턱에까지 이른 녀석이 왜 하필이면 나를 찾아왔을까. 너무나 당황해서 정신을 차릴 수 없을 지경이었다. 현관 안에다가 큰 종이상자를 놓고 담요를 깔아주었더니 얼른 그 안으로 들어갔다. 그로부터 두 달을 몽땅 나는 순땡이한테 매달렸다.

우선 따뜻한 물과 간식 통조림을 따서 주었더니 먹고 싶긴 하지만 물도 제대로 삼킬 힘이 없는 듯했다. 핫팩을 사서 온돌을 깔듯이 서너 개를 바닥에 깐 담요 속에다 넣고, 통조림 내용물을 따뜻하게 데워 마치 죽처럼 으깨어 먹였다. 일어날 힘이 없어 똥오줌도 제자리서 싸버리니 패드를 사서 깔아 하루에 서너 번씩 갈아주어야 했다. 사람 수발도 이렇게 들어본 적이 없었지만 나는 기꺼이 녀석의 똥을 손에 묻혔다. 바닥이 얼마나 따뜻한지 맨손으로 더듬어 보아야 했기 때문에 장갑을 낄 수도 없었다. 따뜻한 물수건으로 대충 얼굴과 몸을 닦아주었다. 엉덩이의 상처에서는 고름이 줄줄 흘러내리고 눈에는 피눈물처럼 붉은 눈곱이 잔뜩 끼어 눈도 제대로 뜨지 못했다. 아무래도 살릴 자신이 없었다. 살아날 확률은 열에 하나 정도였다. 땅이 꽁꽁 얼었는데 어디 가서 묻어주나.

그렇게 정신없이 하룻밤을 보낸 뒤, 다음 날엔 곧장 콧물 감기약을 사서 통조림에 섞어 먹였다. 그다음에는 상처 치료를 위한 약을 지어와 먹이기 시작했다. 다행히도 녀석은 그동안 아주 많이 배가 고파서인지 밥을 먹기 시작해서 약을 먹이기가 쉬웠다. 아, 얘가 살려나 보다. 만약에 이 녀석이 살아난다면 내가 살린 것이고, 죽는다면 정성이 모자라 내가 죽인 것이라는 생각이 들었다. 나는 녀석에게 간곡히 부탁했다. 제발 살기만 해다오.

그렇게 정신없이 한 달가량이 지난 어느 날, 패드가 젖어서 갈아주려고 손을 넣었는데 이 녀석이 귀찮다는 듯 가늘게 아웅! 하더니 갑자기 내 손등을 꽉 깨물었다. 깜짝 놀라 뒤로 벌렁 넘어졌지만, 순간적으로 이 녀석에게 이제 물 힘이 생겼구나 하는 반가움이 앞섰다. 피는 나지 않았지만 내 손등엔 녀석의 이빨 자국대로 시퍼렇게 멍이 들었다. '너, 나 물었니?'하면서 큰 소리로 웃었다.

[살아줘서 고마워]

녀석은 내 지극정성을 받아들여 기적처럼 살아났다. 오줌똥도 화단에 가서 해결하고 왔다. 마당에 가서 서성거리기도 하고 바깥 의자에 올라앉아 햇볕을 쬐기도 하니 이만하면 안심을 해도 될 것 같았다. 이제 감기는 확실히 나아서 콧물을 흘리지 않고 깨끗해졌지만, 옆구리의 상처는 너무 크고 깊어서 다 아물지 못했으니 한 2주가량 더 약을 먹여야 될 것 같았다.

며칠 후, 이 녀석은 종일 외출했다가 해 질 무렵에야 어슬렁어슬렁 들어왔다. 골목의 쓰레기통도 뒤져보고, 자동차 밑에 기어들어 가 보기도 하고, 빈 들판을 달려보기도 하면서 그리웠던 자유를 즐기고 왔을까. 그래도 아직 상처가 아물기까지 조금만 더 참아주면 좋겠는데. 모처럼 만의 외출에 배가 고픈지 허겁지겁 밥을 먹는 녀석을 지켜보며 나는 중얼거렸다. 살아줘서 고마워.

[살아줘서 고마워]

　며칠 후, 녀석의 외출이 길었다. 밤이 되었는데도 녀석이 돌아온 기척이 없었다. 밥 먹어야 하는데, 약 먹어야 하는데 어디를 돌아다니는 거야. 나는 바깥의 불을 모두 켜놓고 창밖을 지켜보면서 기다렸다. 그러나 이제 겨우 살만한가 했던 녀석은 다시 돌아오지 않았다. 어느 날 또 불쑥 나타나 줄까 기다렸지만 끝내 돌아오지 않았다.

조향순

1977년 〈영남일보〉 신춘문예 당선
한국문인협회 문경지부장 역임
시집 『꿈은 꿈대로』『풀리는 강가에서』
산문집 『말 붙잡기』『빈자리에 고인 어둠』
　　　 『가끔씩 죽어보기』
창작 강의록 『쓰고 읽고 우리는 늘 만납니다』

시마詩魔

I

김일곤

김춘성

박숙경

유정

이우디

최동문

작품은 이름의 가나다 순으로 실었습니다.

예술카페 첫눈

김 일 곤

그곳에선 누구나

첫눈으로 첫눈처럼 만난다

소담하게 눈이 내리는 밤

가슴이 설레어 오고

눈발 사이로 커피향이 흐르고

모과차향이 흐르고

쌍화차향도 흐르지만

첫사랑 여인을 만날 것 같아 더 좋다

예술카페 첫눈에서

첫눈이라도 올라치면

여우 한 마리 눈을 털며

기웃거릴 거라 혼자 생각하고

창밖으로 눈길을 주다가

눈 덮인 겨울 산 망개 열매보다 붉은

여우를 생각한다

뽀드득 뽀드득 숫눈 위를 걸어오는

발자국 소리에 놀라

창문을 열었다 다시 닫고

머리카락에 앉은 눈을 살며시 털고

첫눈이 첫눈 위에

살며시 앉아도 보는

예술카페 첫눈

2014년 〈시산맥〉 신인상으로 등단. 2009년 〈공무원문예대전〉 시 우수상, 2014년 〈여수해양문학상〉 2022년 〈덕암문학상〉 대상
시집 『겨울나무의 뒷모습』 『달의 뜨개질』(세종문학나눔 우수도서 선정)

시월은

김춘성

시월로 기찻길이 트인다

은하를 건너 명왕성으로
아버지 어머니를 찾아간다

안개를 밟고 새벽을 돌아
비릿한 시간의 울컥함들을 들쳐업는다

골골이 맺힌 잔풀들의 하소연들 희망들을 꼼꼼하게 꿰멘다

밤새 바다를 건너갔을
세월이 흘린 바쁨도 찾아볼 일이다

제풀에 겨워 소스라치는 성당 종소리
낙엽처럼 생활 뒷칸으로 깔리고

미망인의 딸들 개망초 안고 시집을 가고

봄은 절절이 소금에 절여 있다

바람이 기찻길로 온다

봄은 절절이 소금에 절여 있다

1976년 첫 시집 「我愚聲」으로 작품 활동을 시작. 시집 「지현이를 보면」 「서 있는 달」 「이래도 사랑을 할 것인가」 외. 시사칼럼집 「말 되는 말」과 수상집 「下里」를 냈다. 〈시와 시인 신인상〉, 〈박재삼 문학상〉, 〈조지훈 문학상〉 〈2021 문학대상〉

혼자 울기 좋은 시간

박 숙 경

와글와글, 추억을 꺼내도 되겠습니까
둥글게 둥글게 짝을 해도 되겠습니까
우기雨期를 딛고 선 새벽 세 시,
지구는 둥글고 생각은 저마다 뾰족하게 자라나는 시간

날카로운 고양이 울음소리를 밀쳐내는 매미 소리
풀벌레 소리를 지워버리는 빈 병 던지는 소리
소리가 커지는 만큼 행복해져도 되겠습니까

도시에서 사는 사람의 무늬만 가졌다고 말하는 사람들은
저마다 기댈 언덕이거나 비빌 언덕 하나쯤은 숨기고 있어야
숨 쉬기가 조금은 나을 듯합니다만
그런 언덕의 도착은 늘 확실하지 않아요

새벽에야 닿은 문장이 손가락 사이로 빠져나갈 때
들려오는 푸른 바람 소리

개구리는 개구리 소리에 기대어 울고

사람들은 사람들의 소리에 기대어 살고
담쟁이가 담장에 기댄 것처럼
담장이 담쟁이에 기대어 사는 날도 있습니다

브루클린으로 가는 마지막 비상구*를 들으며 슬픈 시 하나
읽어도 되겠습니까
당신을 생각해도 되겠습니까?

* 영화 브루클린으로 가는 마지막 비상구의 OST A Love idea

동리목월 등단. 시집 『날아라 캥거루』 『그 세계의 말은 다정하기도 해서』

저녁 무렵 아버지

유 정

오래된 골목길 허름한 담벼락에

지쳐 쓰러져 누운 당신을 보았네

고단한 그림자를 페달에 실어

힘차게 밟고 오던 당신의 저녁이

흙투성이 발자국 따라 석회로 끼고 있었네

계간 〈문파〉 등단. 한국문인협회, 한국가톨릭문인회 회원. 계간 〈문파〉 편집위원.
수필집 『발자국마다 봄』

그냥 흐르는 물은 없다
- shadow

이우디

바닥이 깨졌다

바닥에도 기울기가 있다는 것을 모르는 가면과 가면 사이

바닥이 일어났다

바닥은 얼굴이 없어서 슬픔을 잠시 잊은 가면과 가면 사이

의도하지 않은 바닥이 반사한 시월의 한숨, 들

농담 같은 이유가 왔고 바닥이 높아진 순간

하늘이 깨졌다

쏟아진 구름발이 새파랗거나 말거나 러브송이 흐르는 상점
들은 먼 과거

우리가 사라진 오늘이라 더 서러운 이태원 골목의 상징이 된

흰 피로 코스프레하는 눈, 꽃송이들

그림자가 깨졌다

있는 듯 없는 어느 날이 쏟아졌다

2014년 《시조시학》 등단. 2019년 《문학청춘》 시 등단. 2019년 《한국동시조》 신인상.
시집 『수식은 잊어요』 시조집 『썩을,』 『강물에 입술 한 잔』

겨울 정감

최 동 문

도로 이름이 밤으로 와서 밝은 외등 밖으로 사라졌다

당신이 너무 아파 울 수도 없는 밤을 지킨 날은 푸르렀다

창문으로 들어온 어둠에 서너 개 흰 초를 켜고 당신 상처 하나
씩 말린다

침대를 업고 문을 열어 밤길을 걷는 당신에게로 다가가

풍경 속으로 천천히 숨었다

잠 밖으로 찾아온 꿈에 넘치는 눈꽃바구니, 거리마다 안고,

입술로 눈꽃송이를 꺼냈다

하늘 자락 전망대 올랐다가 돌아온 작고 깨끗한 방

겨울밤의 딸이 된 당신,

여명이 눈빛을 보내서 한 베개에 누워

열 내린 창문을 닫고 깊은 야경으로 돌아가 스몄다

눈의 계절에 당신을 만나 골목을 벗어난 큰길에서

붉은 볼에 밤을 여미고 걸었다

야행의 시간에 피는 겨울 안개,

그 꽃은 당신 몫이다

1996년 "현대시"로 등단. 시집 『밤의 태양』 외

시詩
읽는
계절

김 네 잎 시인

상처받은 '나'들

상처받은 '나'들

김 네 잎 시인

아픔을 받은 자취는 모든 '나'들에게 크고 작게 '그림자'로 남아서 삶에 영향을 준다. 지난한 치유의 과정을 거치고도 재생에 성공하지 못한 '나'들은 다양한 증후군에 잠식되기도 한다. 증후군syndrome은 그 원인이 불명이거나 또는 원인이 하나 이상으로 몇 가지 증후와 함께 나타난다. 대부분 심리적, 신경•정신 병리학적 혹은 현대의 사회•문화적 요인 등 다양한 기저에 의해 발생하는데, 각종 증후군에 동반된 증후들이 내가 읽고 있는 시의 화자와 미묘하게 통하는 구석이 있다.

'나'는 아프다

연인이 마주 앉아 서로의 눈을 바라보면 두 사람의 심장박동이 같은 박자로 뛰게 된다고 한다. 심장박동의 리듬까지 공유하던 관계였으니, 이별 후에 찾아오는 상실감과 슬픔, 마음의 고통은 신체의 기능에 영향을 준다. 심장근육이 병적으로 변이

하여 질병으로 나타나는데 이른바 '상심 증후군Broken Heart Syndrome'! '상심 증후군'을 앓는 환자는 좌심실 끝이 일시적으로 부푸는 증상이 나타난다. 이 증후군에 의한 극심한 호흡곤란과 가슴 통증 등의 증상은 심근경색과 매우 유사하다. 또한 심장 쇼크, 불규칙적인 빈맥, 더 나아가 심장의 아래쪽 방인 심실의 근육섬유가 불규칙적이고 조화되지 않게 수축한다.

우리는 영화를 보고 나와 걷기 시작했지
익선동의 작은 골목을

당신은 언젠가 돌반지를 사러 여기에 왔고
나는 오래전 연인과 이곳에 왔었지

그때 우리는 서로를 몰랐고
지금은 서로에게로 비스듬히 기울어져 걷고 있다

사랑은 있겠지, 쥐들이 사는 창문에도

골목 끝의 허름한 모텔과
취객이 갈기고 간 흔적을 모른 척하며

정말 사랑은 있겠지, 시궁창 같은 인생에도

속으로 생각하는 동안
당신은 속없이 큰 소리로 유행가를 부르고
누군가 비웃듯 웃으며 지나간다

당신은 결혼해서 불행해진 어느 부부를 알고 있고
나는 오래전 헤어진 연인을 지금은 잊었다

서로 다른 영화를 보면서
같은 영화를 보고 있다고 착각하는 거지
어떤 사람들은 그걸 사랑이라 부른다

아이는 자신의 가장 싫은 부분을 닮는다
아이를 향해 윽박지르는 남자는
사실은 혼잣말을 하고 있는 거다

휴일이란 아직
책의 남은 페이지들과도 같아

우린 싸울만한
여든일곱 가지의 이유를 갖고 있지만
지금은 집으로 돌아가 낮잠을 자기로 한다
— 주민현, 「어두운 골목」 전문,
『킬트, 그리고 킬트』, 문학동네, 2020.

영화를 보고 그때는(장소는 겹쳐 있지만) 서로를 몰랐던 둘이 지금은 공유 지점이나 관계성이 있다는 듯 "서로에게로 비스듬히 기울어져" "익선동의 작은 골목"을 걷고 있다. 이 시에서 나와 당신은 사랑과 관계에 회의적이지만, 사랑을 믿고 싶은 속마음도 가지고 있다. "사랑은 있겠지, 쥐들이 사는 창문에도" "정말 사랑은 있겠지, 시궁창 같은 인생에도"라며 사랑의 불가피성을 재차 확인한다. 어쩌면 그들은 사랑을 하면서 끊임없이 사랑을 밀어내고 있는지도 모른다. "오래전 헤어진 연인을 지금은 잊었다"라고 하지만, 지독한 '상심 증후군'에 의한 착각일 뿐이고, '상심 증후군'의 반작용으로 사랑과 상처에 무감해지려 애쓰고 있다.

'나'는 어떤 사람일까? 사회적 관계 속에서 타인에게 보이는 '나'와 내가 알고 있는 '나'는 같은 사람일까? 그 괴리감이 크면 클수록 심리적인 부담감은 한층 더 무겁다. 실패에 대한 두려움을 겪는 사람들이 최악의 상황이 발생했을 때 겪을 충격을 사전에 완화하려는 '방어기제'의 일환으로 '가면 증후군The Imposter Syndrome'이 나타난다. 그들의 심리 상태는 자신의 실체를 들킬까 봐 항상 불안하다. 영국의 심리학자 헤럴드 힐먼Harold Hillman은 그의 저서 『가면 증후군』에서 '자신을 있는 그대로 수용하는 진정성'을 중요한 치료 요인으로 꼽는다.

것들.

창문 그리고 스키드마크와 낮. 사지가 구부러지는 십자가 네온사인을 보며. 번역가 친구의 말. 끔찍함이라는 단어를 번역 못 하는 언어는 세상 어느 곳에도 없다는 것이. 의자의 가장 반들거리는 모서리. 오히려 견딜 수 있는.

우리는 벤치에 주저앉아 끝없이 말을 했지. 서로 간 벗어날 수 없는 기억에 대해.

것들.

어쩌면 기억이라는 공원이 있어, 거기 도착하려고 하는 두 산책자처럼.

오늘 기억은 비색 다기 세트.

생각의 집을 짓다 우연히 발견한

그걸 가루로 박살 내 약물에 타 넣었다. 한입에 털어 마셨다.

것들.

포자처럼 팔 위에 일어나는 무늬. 햇살이 전염된 나무 의자들. 핏줄 속에서 드러나는.

이렇게 말하다 보면 끔찍함에도 사생활이 있다는 게 믿어지고. 그것은 아무리 걸어도 끝나지 않는 커다랗고 작은 나무배.

확실히 볼 수 있는 것들이야말로 오히려 믿어지지 않는다는 말이 그렇게 오래. 멀리서 아이들이 내린다. 삼각모를 쓴 미니버스. 비닐을 쓴 거북이 모자.

우리는 서로의 기억으로 가면을 만들어 각자에게 씌워 준다. 걸어 나간다.

가면은 천천히 정말로 얼굴이 되고. 오해가 오해로 남아 끝내 이해가 되는 순간처럼.

우리 얼굴에는 비색 물결무늬. 서로의 수면에 손가락을 넣고 새로운 마디를 만들어내는 일로.

우리의 본래 지닌 얼굴은 두 손에 가면으로 나눠 들고.

것들.

비로소 약효가 떨어지고 있었다. 기억. 정지된 장면 속 에서 도기로 만든 비가 내렸다.

ㅡ 변윤제, 「것들」 전문, 《시사사》 2022년 여름호.

이 시에서 우리는 서로의 기억으로 가면을 만들어 쓰고 "우리의 본래 지닌 얼굴은 두 손에 가면으로 나눠 들고" 기억이라는 공원을 향해 걷고 있는 산책자들이다. 가면은 '가짜 얼굴'로 보이고 싶은 이미지로 현현할 수 있지만, 자신의 진짜 정체는 뒤로 밀려난다. 그래서 우리는 "끔찍함에도 사생활이 있다는 게 믿어"질 만큼 "서로 간 벗어날 수 없는 기억"의 굴레가 씌워 진 참담한 얼굴을 은폐했다. 대신 우리의 "가면은 천천히 정말 로 얼굴이 되"었다. 하지만 '가면 증후군' 환자가 자신과 가면을 쓴 또 다른 자신과의 심리적인 모순에 불안한 것처럼 "오해가 오해로 남아 끝내 이해가 되"었을 뿐, 가면 뒤의 숨은 존재는 우 울하다.

'지금 보고 만지고 느끼는 이 모든 것이 진짜일까?' 자신의 존재를 의심해 본 적 있는가? 정말로 자신은 이 세상에 없는, 죽은 사람이라고 믿는 사람들이 있다. '걸어 다니는 시체 증후군 Walking Corpse Syndrome'은 매우 희귀한 정신 질환이다. 이 증후군 환자는 자신의 중요한 장기가 사라졌다거나, 몸의 일부가 자신의 것이 아니라고 느끼거나, 혹은 부패 중이거나, 심지어 죽었다고 인식한다.

나는 그 계절에 죽었다

거실에서 고양이들이 나의 손을 핥고 있을 때에도
아래층에서는 아이를 꾸짖는 소리가 벽을 타고 올라왔
다 아이의 서러운 울음소리가 장판 무늬를 지우며 흥건

해진다 이제 이 집의 울음은 누가 닦을 것인가

　　죽음이 거짓이라면
　　실은 내가 창틀에 쌓인 먼지를 닦으며
　　창밖의 소음을 듣고 있다면 잠시
　　눈 깜빡할 새 번쩍이던 흰빛이
　　오늘의 날짜를 지워 버린 것이라면

　　한때 사랑했던 사람은 발길을 끊었고 친구들도 저
　들의 보금자리에서 연인과 다정하게 저녁 메뉴를 고르
　고 있다 그들은 돌아보지 않는다 이건 참으로 인간적인
　일들이다

　　더운 입김의 말들은 여전히 창을 데우고
　　장롱에는 계절에 걸맞은 옷들이 정리되어 있는데
　　이미 도착했다는 말, 아무것도 될 수 없다는 말

　　얼마 전 요절한 시인의 일주기에
　　사람들이 모여 시를 읽고 추모식을 열었다
　　그렇게 죽어도 사라지지 않는 사람들이 있다
　　세계도 없이 우주도 없이

　　나의 책장에는
　　나를 추방하고도 나를 모르는 사람들이
　　냉장고에는 아직 개봉하지 못한 즉석조리 식품들이
　　순진무구한 생활의 연대를 이어 가고

아침이면 어제의 음식을 데우고
식탁에 앉아 얼룩이 튄 그릇들을 바라본다
얼룩은 쉽게 지워지지 않는다
세계가 없어 우주가 없어

수도꼭지에서 떨어지는 물방울을
쉬이 잠들지 않는 양처럼 세어 보며
경이로운 피와 살의 서사도 없이
내가 모르는 것들이 나를 부른다

나는 안개 낀 숲속에서
누군가의 잠을 쫓는 중이다

그곳에는 가장 무모하고 아름다운 시간이
자비도 없이 널브러져 있다

이미 죽은 것과 이미 없는 것들이
기억의 회로판 위를 걸으며
빈 조각들을 호주머니에 쓸어 담는다

– 박은정, 「섬망」 전문,
『밤과 꿈의 뉘앙스』, 민음사, 2020.

    섬망은 바깥 세계에 관한 의식이 손상된 상태에 있을 때 나타난다. 섬망으로 인한 자의식의 결여가 이 시에서는 실존을 부정하는 원인으로 작동하고 있다. 마치 '걸어 다니는 시체 중후군' 환자처럼 "나는 그 계절에 죽었다"라고 말한다. 나는 섬망 증상인 지남력 저하로 인해 날짜 개념을 상실하면서 "오늘의 날짜를 지워 버"리고, 의식마저 명료하지 않다. "안개 낀 숲속에서/ 누군가의 잠을 쫓"으며 나는 '세계'와 '우주'를 잃어버린다. 이 시에서는 '세계'와 '우주'가 없는 삶을 죽음과 동일시한다. 나는 살아 있으면서 죽은 상태에 놓여 있다. 그래서 "이제 이 집의 울음은 누가 닦을 것인가"를 걱정하고, 한편으로는 "한때 사랑했던 사람은 발길을 끊었고 친구들도 저들의 보금자리에서 연인과 다정하게 저녁 메뉴를 고르고 있다"라는 발화가 가능하다. 그러면서 "이건 참으로 인간적인 일들이"라고 말한다. 일상을 살아가는 그들이 소외시킨 나를 수긍하고 있다. 나는 "이미 죽은 것과 이미 없는 것들이"기 때문에.

어두운 골목을 나와 기억이라는 공원을 지나 이미 도착한 곳, 마침내 '나'는 '나'들과 만났다. 우리는 서로 괜찮다고 말해준다.

김네잎
2016 〈영주일보〉 신춘문예 등단, 시집 『우리는 남남이 되자고 포옹을 했다』

윤성택의

불씨 하나 품고

산방에서 일주일

윤성택 시인

일주일 치 부식 채운 배낭이 털럭거렸다. 시외버스에서 내리자 계곡이 갈림길로 앞서갔다. 거기서 낙엽 쌓인 기슭을 이십 분 정도 푹푹 빠지며 걸었다. 신발 털며 올라서니 태양광 패널 얹힌 집 한 채가 나왔다. 현관 화분 밑 더듬어 열쇠를 찾았다. 집 안 한쪽 벽면에는 식당에나 있을 법한 쇼케이스 냉장고가 놓여 있었다. 지인의 말대로 예닐곱 개 주류가 꽉 차 있었다. 짐 풀고 난 뒤 맥주 캔 하나 뜯어 테라스 의자로 나와 앉았다. 그 집에서 잘 때는 말이야, 머리맡에 종이와 펜을 꼭 두고 자야 해. 그러면 새벽녘에 뭔가를 불러주는 게 느껴질 거야. 그걸 적는 거지. 지난번에도 얘기했듯 풍수학적으로 그 집은 주변 산세가 피라미드형이라 파동 간섭이 있어. 영성이 고스란히 집중되는 곳이지. 다 갖춰 놓았어, 밑져야 본전이니 일주일만 있다 와봐….

술자리에서 지인의 이 말에 덜컥, 저질러보기로 했다. 어느덧 남향집에 볕의 발신이 짧아지고 있었다. 빈 가지 촉들이 한쪽으로 쌜긋이 움직여 공중과 채널을 맞추는 듯했다. 그 아래 툭툭 투둑 툭툭, 지는 낙엽으로 타전받는 소리. 쌓인 둔덕이 변환기처럼 내리막길에서 줄을 바꿨다. 나도 빈 캔을 손아귀로 둥글게 구겨놓았다. 지인이 일러준 대로 화목보일러에 불을 지필 차례였다.

뒤뜰 굴뚝 아래에 통나무가 토막토막 잘려 차곡히 쌓여 있었다. 그 몇 개를 폐타이어 안에 끼운 뒤 도끼 내리찍어 땔감을 만들었다. 장작 패는 메아리에 희미한 구름이 울려 나왔다. 불을 때면 그 열기로 물탱크 데우고 온수와 난방수가 된다 했다. 연통 위로 치뿜는 하얀 연기가 기관차 증기처럼 보였다. 별자리도 철컹거리며 스쳐가는 불멍, 그 사이 부지깽이마저 불이 붙었다. 탁탁 털어 끈 뒤 내 속처럼 뒤적여보았다. 불붙은 장작은 제 안에 들였던 한때의 공기를 조금씩 헐어내는 건 아닐까. 맡아보면 몇십 년 전 구름이 옮겨다 놓은 비 냄새가 났다. 나무는 타닥

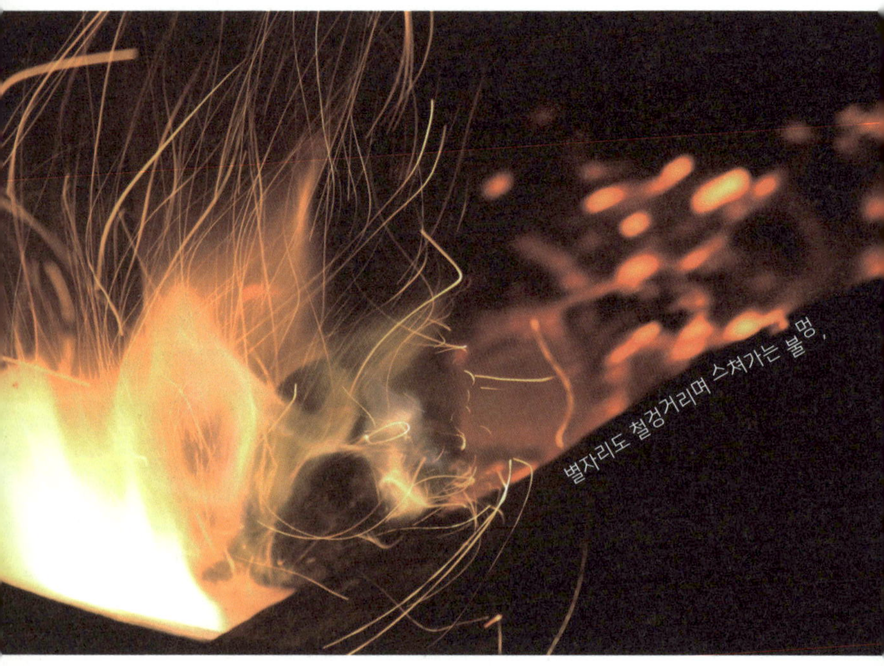

타닥, 저무는 소리로 불티를 방울방울 떨어내는 것이었다. 방바닥 열기가 손바닥 손금을 터주고 갔다. 이제쯤 허기에 잠시 몸을 먹일 순서였다. 챙겨온 이것저것 뜯고 데워 순하게 길들여놓았다. 욕구란 결국 육신이 정신보다 먼저 탐하려는 데에서 비롯되었을 것. 그 짐승을 때마다 불러내는 게 영혼에 대한 희롱일까 싶었다. 식탁 치우고 책을 폈다. 내가 읽는 것인지, 읽히는 것인지 창문 너머 나무 사이로 별들이 끔벅였다. 얼음조각이 유리잔에 부딪치며 양주 향을 휘발시키는 밤은 적요로웠다.

닷새가 급사(給仕)처럼 지났다. 밤마다 무슨 전갈이 올 듯도 싶었는데 백지에 머리카락만 올라 있었다. 영성도 마치 내가 쳐놓은 덫에 치이지 않으려 조심성 있게 기다리는 것만 같았다. 그 사이 산길이 알은체를 했고, 지척에서 고라니가 나를 보며 씀뻑했다. 둘째 날부터는 새소리가 잠을 따주었으며, 갑자기 내려온 청설모가 도토리 묻어둔 곳을 알려주었다. 변한 게 없는 건 무뚝뚝한 시뿐, 사근사근한 구절 하나 건네지 않았다. 오후 무렵부터 하늘이 끄물거리더니 기어이 먹구름과 어스름이 서로를 여닫았다. 눈송이가 하나씩 밀고 들어섰다. 밤에 내리는 눈은 그걸 바라보는 이의 마음에도 쌓인다던데, 벌써부터 싸한 고립으로 아늑해졌다. 점마다 솜처럼 부푼 함박눈이 되어 쓸려왔다. 소리 없이 은밀하게 그리고 하염없이 사위를 뒤덮었다.

책을 읽다 간간이 내다보는 창밖은 온통 점들의 방이었다. 확대된 눈송이 결정구조가 육각형이어서, 나는 거기에 갇힌 듯했다. 흰 여백의 마당에 첫발을 디뎌봤다. 내가 밤에 쓰여 지고 있었다. 더 이상 머리맡의 종이에 적힐 게 없었다. 그 어떤 매개도 필요하지 않았다. 천년 째 외계로 나아가는 우주선에 아무도 없는 건 텔레포테이션(teleportation)이 뒤늦게 다녀간 것이라고, 어느 멀고 먼 눈의 입자가 시공간 가로질러 순간적으로 나를 복사해갔다. 그곳에서 보면 불 켜진 산사의 텅 빈 방이 육각형일 게 분명했다.

윤성택

충남 보령에서 태어나 2001년 〈문학사상〉으로 등단했다. 시집으로 『리트머스』 『감(感)에 관한 사담들』, 산문집 『그 사람 건너기』, 운문집 『마음을 건네다』가 있다 .

시마詩魔 디카시

작품은 이름의 가나다 순으로 실었습니다.

오늘도 내일도

구 보 민

무심코 올려다본 하늘이 예뻐

미소를 머금게 되는

별일 없는 멋진 날

인천가현중학교 3학년

시간이 멈춘 자전거

김 가 림

10시 25분

내가 타던 자전거는

추억을 담아 구름을 실어

골목에 서서

훌쩍 커버린 나를 기다리고 있다

충렬여자중학교 2학년

붉게

김 하 람

벽이지만 아름다운 벽으로
당신의 기억에 세워지고 싶어요
당신의 흘러가는 수백 초의 시간 중
한 번의 벽으로 남아
몇 초의 시간만 잡아두고 싶어요

인천신현중학교 3학년

고통이 낳은 것

배 형 진

오랜 시간 동안

아프고 힘들고 쓰라린 고통을

잘 견뎌서 버티고

한 발짝 앞서 나가면

곧 아름다움이 찾아온다.

인천신현중학교 2학년

도보 순례

손 민 준

도처到處에 손수레를 끌며

삶의 변두리를 찾아

두 발, 두 손에 머리 숙이는

야윈 어깨가 희고도 푸르다

2019 〈공무원문학〉 수필 부문 등단, 2021 〈문학고을〉 시 부문 등단
2021 〈대한민국문학대상〉 대상 수상

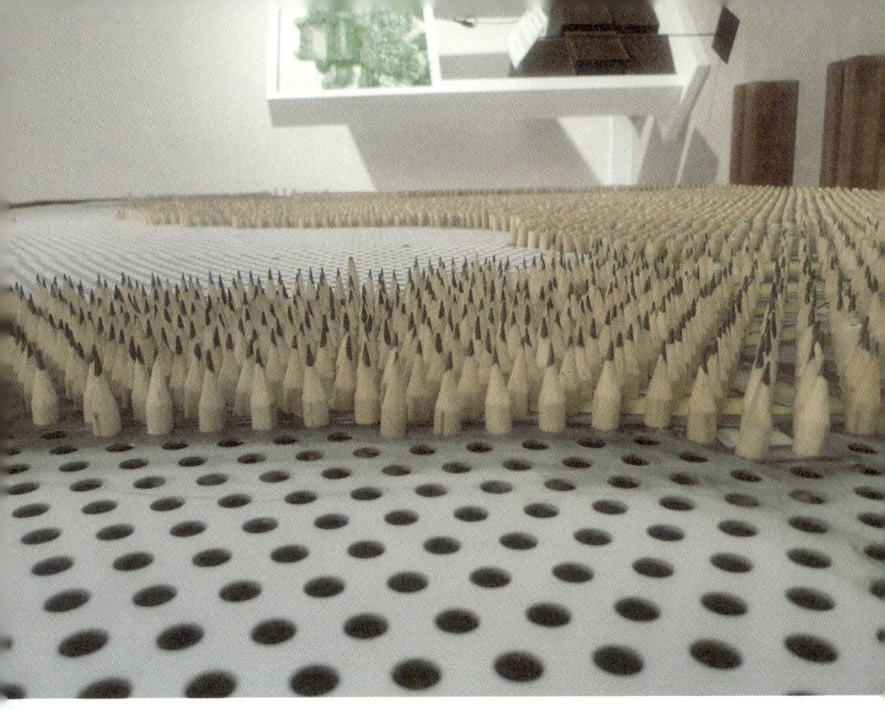

몽당연필

손 설 강

시절을 잘못 만나

이름자도 못 쓰던 어르신들

못 배운 한이 피었다

2001년 〈문학공간〉 시, 2002년 〈한맥문학〉 수필 등단. 『오늘은 디카시 한잔』 외 다수. 〈한국사진문학협회〉 운영위원장. 〈서울 중랑구 평생학습관〉 디카시 창작반 출강 중

옛 시절을 진열하다

송 재 옥

윤기 나게 닦은 청춘 몇 입

시절이 따라와 침이 고인다

맨손으로 문지른 홍옥

고와서 돌아가고 싶은 먼 길

2000년 〈순수문학〉 등단. 〈평사리문학제〉 1회 수상, 〈중랑문학〉 대상, 방송대 〈통문제〉 장원 등 다수 수상. 5인 디카시집 『사방 팔방』, eBook 작은시집 『저문 날의 삽화』

하늘 밥그릇

신혜남

낮에는, 주위를 밝히며 살라는 말씀 들고

아침 저녁엔, 뜨겁게 사는 모습으로

하늘에 가셔서도

밥그릇 들고 따라다니시네

경북 청송 출생, 화가. 시집 『어머니의 눈물』, 『세상에 단 하나의 남자와 단 하나의
여자.』, 『시인의 새벽』, 『사랑 법』 외

그리움

이 만 영

횡단보도를 걸으며

느리게 늙어가는 여름을 본다

패이고 긁힌 우리의 파편과 각질 사이

서로를 향해 수없이 건너도

우린, 만나지지 않는다

moonylee77@naver.com

나그네

전 수 빈

도심 한가운데에서

우왕좌왕했을 법한

사슴 발자국이 보인다

저 근처 호텔에서

머물렀으려나

통영 진남초등학교 6학년

휴식

지 태 윤

해도 쉴 수 있을까?

우리를 비추고 또

다른 세상을 비추는데

경인교육대학교부설초등학교 4학년

책방이듬에서 읽는 시집

_서늘한 눈물의 정원

- 장석원·정우신 시인과의 만남

서늘한 눈물의 정원
– 장석원·정우신 시인과의 만남

2022년 9월 29일 저녁 7시

김이듬 : 안녕하세요, 낙엽 흩어지는 가을 저녁입니다. 오늘은 광운대학교 국어국문학과에 재직 중인 장석원 시인님과 최근 두 번째 시집을 내신 정우신 시인님을 모시고 낭독을 나누며 작품에 얽힌 이야기를 나눠보고자 합니다.

　　두 분 시인을 오랜만에 뵙는데요, 근황부터 말씀해주시겠어요?

정우신 : 저는 5살 딸과 5개월 된 둘째 딸을 키우고 있어요. 집에서 육아하다가 오랜만에 외출 나오니 설레며 기분이 좋습니다.(웃음)

장석원 : 생활 폭이 좁아서 그다지 재미있는 일은 없지만, 오늘이 올해 들어 가장 재미있는 날이 될 것 같습니다.

김이듬 : 장석원 시인님이 최근 출간하신 다섯 번째 시집 『유루 무루』의 제목에 관해 궁금한 게 있어요. 루는 눈물 루(淚)가 맞죠? '유루 무루'라는 제목은 어떤 의미가 있나요?

장석원 : 있을 유 자에 눈물 루, 없을 무 자에 눈물 루라는 의미입니다. 처음에 시집 제목을 못 정했는데, 편집자분들과 논의를 하다가 불교에 관련된 정보를 찾았고, 어감이 좋고 뜻도 좋아서 시집 제목으로 정했습니다.

김이듬 : 정우신 시인님 같은 경우는 『비금속 소년』, 『홍콩정원』 이렇게 두 권의 시집을 내셨잖아요. 두 가지 제목 다 평범한 시인이라면 짓기 어려운 독특함이 있어요. 어떻게 그 제목을 짓게 되었나요? 그리고 '비금속'의 어떤 점에 매력을 느끼셨는지요?

정우신 : 『홍콩정원』은 SF, 미래세계에 관해 흥미가 생겨서 글을 쓰다 보니 홍콩이라는 국가와 연관되었습니다. 그 나라의 정원을 꾸며보고 싶다는 생각도 들었습니다. 『비금속 소년』은

출판사 대표님과 편집자분들과 제목을 짓다가 『비금속 소년』
으로 만장일치로 결정하게 되었습니다. '비금속'은 두 가지로
분류할 수 있는데요. 금속화될 수 없는 생물학적인 무언가와 금
속이 아닌 '논 메탈'의 속성이라고 생각합니다. 예를 들면 임플
란트가 있는데요. 전혀 다른 속성의 것이 신체와 어우러지는 모
습이 조화롭기도 하고, 그렇지 않기도 해요. 맞물리지 않는 세
계가 신기하여 그 모습을 시로 녹여내게 되었습니다.

김이듬 : 장석원 시인께서 낭독하실 첫 시를 낭독하기 전에
감상하기 위한 포인트를 살짝 알려주시면 좋을 것 같아요.

장석원 : 시집 나온 이후에, 시가 평범해지면 좋겠다는 생각
을 했습니다. 첫 시로 낭독할 작품은 「맥주를 사서 집으로」인데

요. 편의점에서 맥주 사 들고 쫄래쫄래 집으로 가는 일상의 평범성 속에서 시적 모티프를 생각하게 되었습니다.

맥주를 사서 집으로
장 석 원

주말이니까
기적일지도 모르니까
일주일이 지났으니까
잘 살아냈으니까

철봉과 떡갈나무를 지나서
입영 열차를 탄 것처럼
빗줄기와 동행하는데
모퉁이를 두 번
돌아서면 점등한
편의점에서 타전되는
—Everybody's working for the weekend

이곳은 말머리
랑데부처럼 랑데부처럼

23시 48분

문을 당기세요

하이…… 위로

씨 유…… 밑바닥에서

어른거리는 얼굴

불빛의 속임수는 아니야

체취만으로 안쪽의 그것

알 수 있어 내가 기다렸던 것

같이 맥주를 마시고 싶어

진열대 앞을 서성대는

얼굴 바라보면 창

너머로 고개 돌리는 사람

막차를 놓칠까

뛰어가는 사람

쾌속의 라이더

헬멧 번득인다

냉장고가 닫히자

유리에 어른거리는

피처를 들고 있는 낯선 자

도토리 떨어지는 가을밤

어둠을 이고 있는

나뭇가지 아치를 지나

휴가병처럼 집으로

맥주를 들고 집으로

여기는 말머리

—Everybody wants a new romance

랑데부, 그 사람 만날까

랑데부, 그 사람을 만나면

다시 안고 싶어질까

숙인 채 돌아가는 사람

두 걸음 앞서가는 사람

잠깐만요 혹시 기억하시나요

1주일 전 이곳에서

헤어졌는데 1주일이 지났다고

끝난 것은 아닌데

사랑이 끝난 후 씻어버린

거품…… 나는 잉여

나는 부산물 허공에

붙어 있는 물방울

뜯어낼 수 있을 것 같아

그 얼굴

말머리에서 랑데부처럼

콧등에 떨어지는 빗방울처럼

여기는 말머리

씨 유 레이터

거의 끝나고 있지만 아무도 끝을 알지 못하는 밤

김이듬 : 오늘처럼 서늘한 밤에 듣기 좋은 낭만적인 음악 같은 시군요. 다음으로 정우신 시인님께서 첫 시 낭독 들려주시기 전에, 장석원 시인님처럼 감상할 수 있는 포인트를 알려주시면 감사하겠습니다.

정우신 : 「익산 가는 길」을 낭독하겠어요. 저는 인천에 살고 있는데, 버스 터미널에 가서 버스들을 구경해요. 제가 그 버스에 타고 떠나는 상상을 하며 차창을 봅니다. 버스의 창문, 그 유리벽이 내면인 것 같기도 하고, 제 가정생활 환경이 떠올라서 서술해봤습니다. 경제적으로 어려웠던 신혼 시기에 썼던 시입니다.

익산 가는 길

정 우 신

약 먹고 물 먹고

거울을 보며 우린 더 살아야 하지 웃고 울어봐

날벌레는 아니지만

돌고 돌아 겨우 여기까지겠지 아이가 무심코 엎지른 컵에 붙어 허둥거리겠지

나를 생각하는 사람들에게

삶은 절차 없는 긴 장례식이었지 우리가 걷는다는 것과 먹어야 한다는 것 계속 자야 한다는 것

동정과 비난과 환희 속에서 숲과 하천과 산책길 그리고 울음 속에서

죽음이 나를 이미 다 파먹어서 죽을 수가 없네

약 먹고 물 먹고

아직 첼로는 켜지 말고 자화상을 그려봐 자유로워
지는 순간, 열리는 시간에서

물은 자신의 맛을 알고 싶어 할까

물의 속성
불을 마시려는

나의 사랑에게

아무 할 말이 없어서 끄적여보는 밤

교육 시켜주세요 더욱 커다란 용기와 확신을 주세
요 기도하는 밤 외쳐보는 밤

한 계절 창가에서
지내다 보면
잃어버린 귀 한쪽을 찾아 떠도는 바람이 온다

물 먹고 약 먹고

우린 더 살아야 하지 병원비와 공과금이 밀리는 방
식으로 인생을 늘려야 하지 아이의 미래가 나의 과거가
되지 않도록 울고 웃어봐

다 끝마치고 싶은데 어떤 노래를 틀어야 할까

눈송이를 간직하고 싶어서 나무를 들였지

길을 걷다가 먹고 자다가 언뜻 들리는 다정한 목소
리와 움푹 팬 상처가 난 자리로 내려앉는 눈보라

양쪽을 번갈아 밟고 가야지

김이듬 : 신혼 시기의 풋풋함과 힘겨움이 혼재하는 느낌이 드는 작품입니다. 두 분이 쓰신 작품의 언어가 유연하며 권위적이지 않다는 느낌을 받았습니다. 어쩐지 두 분의 작품세계는 내밀하게 통하는 부분이 있어요. 장석원 시인님과 정우신 시인님은 친근하게 자주 만나는 사이일까요?

정우신 : 아, 사실 장석원 시인님은 제 스승님이십니다. 장석원 시인님의 시를 읽고 시를 쓰게 되었고요. 꾸준히 열심히 시를 쓰고 있습니다. 이러한 공간에서 장석원 시인님과 나란히 앉아 낭독하는 건 처음이라 의미가 깊습니다.

김이듬 : 저는 두 분의 관계도 모르고 두 분이 잘 어울릴 것 같아서 모셨는데 사제지간이셨군요. 놀랍습니다.

(장석원 시인, 정우신 시인 웃음)

김이듬 : 두 번째 시는 서로의 작품을 교차해서 낭독하면 좋을 것 같습니다. 정우신 시인께서 장석원 시인님의 「아나프라닐」을 낭독해주시면 감사하겠습니다.

아나프라닐

장석원

그 사람, 살, 나와, 비슷합니다, 없다가 탄생했어요, 언제라도 떠날 듯해요, 아주 아팠어요, 뼈, 썩어갔지만, 내출혈 심해졌지만, 견딜 만했어요, 금방 끝날 것이니까요, 새로운 통증 후에 아름다워지겠어요 우리 슬퍼하겠어요, 무서운 현실, 속으로, 달려가죠, 혼돈도 없이 당도하겠어요, 그곳에서 우리, 소리 없이 스텝 밟으며 울며 춤도 추겠지만 저녁의 이별 앞에서, 비열, 상승하겠어요, 우리 달궈지며 울며 냉각되며, 담벼락에 볼 문지를 거예요, 깨끗해질 때까지, 문드러질, 때까지, 피, 부족할 때까지, 꽃 사이로 혈소판(처럼) 흩어져요, 떠난 사람 다시 불러와요, 가지도 못하고 얇아진 그 사람 허공에, 펄럭여요, 퍼덕이는, 물 밖의 참붕어(처럼) 비늘을 튕기며, 건너가며, 이지러진 얼굴로 돌아서며, 나, 불꽃 안에서 녹아내리는 얼굴, 지켜봐요, 사라져버린 육신과 화음 없는 울음 속에서, 나는, 발정한 개, 컥컥 녹, 슬겠어요, 부러진 슬개, 이슬처럼, 곪지 않아요, 멀리 갈 수 있을 거예요, 피로 얼룩진 몸을 뭉개듯, 팔레트의 빨강을 찍어 면상을, 기록하겠어요, 초원에 내려앉은 새벽, 누군들, 슬퍼하지 않겠어요, 그 사람 떠나지 않았다면, 내게, 두 눈, 있었겠어요

정우신 : 리듬이 너무 어려워서 제가 낭독을 잘했나 모르겠습니다.

김이듬 : 정우신 시인님께서 리듬 타려고 버둥거리면서 낭독하셨기에 시가 더 살아나는 느낌이 듭니다. '아나프라닐'은 무엇입니까?

장석원 : 항우울제입니다.

김이듬 : 더듬거리며 약에 취한 사람처럼 낭독하셨기에 오히려 시적 분위기가 살아난 거 맞군요. 이제 장석원 시인님께서 정우신 시인의 「액화질소탱크」를 낭독하겠습니다.

액화질소탱크
정 우 신

분해되고 싶었지
우주처럼
척수가 뽑힌 채 이동 중이었지
피에 대해서는 늦게나마 깨달았네
결국 고향으로 돌아가는 거 아니었겠나

알 수 없는 바람이 불고

사랑이라는 말은 미래를 속이기 좋았네

당신은 일찍이 그걸 믿지 않았지
아니면 모든 것을 알고 있으면서도
나에게 눈을 내주었던가
한쪽 눈을 감으면
아직도 당신이 바라보던 세계가 보인다네

세계라는 말,
참 덧없지
우리의 욕망을
분배하기 좋았지

알 수 없는 꽃잎이 휘날리고

당신은 내 얼굴을 하고 미소를 짓고 있네

내가 비난했던 사람들
대부분 내 속성을 닮았지
덩어리가 완성되길
바라

과연 나는 먹음직스러운가

종교를 알아보게

피를 완전히 교체한 다음 날은
당신이 살던 집이
자꾸만 생각나
끔찍하다네
그럴 때면
샐러드를 만들고
술을 데우지

목숨이 하나밖에 없던 시절

불행을 물려줄 수 있었던 인간의 마지막 세기

나는 무슨 일이든 항상 여지를 두었으니
비겁해 보였을 수도 있겠지
그러나 최선이었다네
당신을 지속시키기 위함이었지

우리에게 유전된 포유류의 낭만은 제법 쓸만했다네

다음 새 떼를 아직도 기다리는지 당신은 긴 잠에서
깨어나질 않고

　　나는 절단된 다리가 있는 곳으로

　　기어가

　　군침을 흘려보는 것이네

　　김이듬 : 시를 창작함에 있어서 어떤 기관의 감각이 시에서 중요하게 사용되고 있는지 궁금하고, 정우신 시인님의 시의 경우에는 절단된 신체가 오브제로 등장하는데 어떤 현상에 기인한 것인지 알 수 있을까요?

　　장석원 : 시에서 어떤 기관이 반복되고 중요한지는 생각을 안 해봤는데, 언어가 촉발될 수 있는지 생각해보면, 촉각과 청각인 것 같습니다.

　　정우신 : 저의 경우는 혀가 아닐까 생각합니다. 미각에 우선된다고 할까요. 「가타카」라는 시는 SF 영화의 영향을 받고 쓰게 된 시입니다. 언어적으로 감정을 절단해버리면 어떤 시가 나올까 생각하면서 쓴 시입니다.

　　김이듬 : 두 시인분께 '좋은 시'는 무엇인지, '좋은 시'의 정의나 의미를 여쭤봐도 될까요?

　　장석원 : 어려운 질문이네요. 좋은 시라는 기준은 보편적인 기준과 특수한 개인적 기준으로 나눌 수 있는데요. 제가 판단했을 때 좋은 시의 기준은 나이, 경향, 성별을 상관하지 않고 자신

이 경험하지 않은 새로운 시가 좋은 시라고 선호하는 입장입니다. 학생들에게 가르칠 때도 새롭고 신선한 것이 중요하다고 가르쳤습니다. 보편적인 기준으로 보았을 때는 김소월, 백석의 시가 한국에서 쓸 수 있는 보편적 기준의 잘 쓴 시라고 생각합니다.

정우신 : 장석원 선생님의 말씀을 들으니 머릿속이 하얘졌네요. 아까 미각을 얘기했지만, 저는 길을 걷거나 잠들기 전에 떠오르는 시가 좋은 시 같다고 생각합니다. 제가 생각하는 좋은 시는 언어가 저를 다른 세계로 이끌어주었을 때, 새로운 경험을 느끼게 될 때 언어가 가진 숨겨진 이야기가 감정과 섞였을 때 좋은 감정을 주는 것 같습니다.

김이듬 : 방금 드린 질문은 좋은 질문이 아닌데요. 진솔하게 답변해준 두 시인께서 좋은 답변을 해주셔서 감사하게 생각합니다. '좋은 시가 무엇일까?' 질문한 의도는 시인이든 독자든 의구심을 갖고 그것에 대해 고민해보는 계기를 만들고자 질문하게 되었습니다. 또 다른 질문을 드리고 싶은데요. 시가 자신을 낯선 세계로 이끈 순간이 언제였나요? 처음으로 시와 마주친 시간이 기억나시나요?

정우신 : 질문이 점점 더 어려워지는 것 같은데요. (웃음) 대학교에 입학했을 때, 시를 읽는 사람이 지적으로 보였어요. 저는 사랑하는 사람에게 잘 보이고 싶어서 시에 접근하게 됐어요. 시집을 읽는 사람의 눈빛, 시 얘기를 하는 사람들의 모습은 가

치로 환산되지 않기에 시의 매력에 빠져든 것 같습니다.

　　장석원 : 저는 어렸을 때부터 시에 미쳐서 작품을 써온 것 같아요. 대학교에 입학하면서 집중적으로 시를 쓰게 되었고요. 교내 생활을 할 때 이성복 시인이 너무 저명했기에 일부러 시를 읽지 않았는데요. 군대에 입대했을 때, 지휘통제실에서 이성복 시인의 『뒹구는 돌은 언제 잠 깨는가』를 읽게 되고 충격받았습니다. 군대의 부사수분께서 지금 여기에 와 계신데요. 그분께 와주셔서 감사하다는 말씀을 드리고 싶습니다.

　　김이듬 : 이제 세 번째 작품을 정우신 시인께서 낭독해주실 시간입니다.

口픕
- 머신 러닝6
　　정 우 신

가요. 가요. 나는 가요.

육교에 그림자 남겨두고 나는.

꺼져가는 모닥불 앞에서 분량이 점점 줄어드는 나는.

당신을 통과하기 위해서.

뛰어들기 위해서.

나는 가요.

바람도 가고. 망각도 가고. 미래도 가고.

다 가고 나면.

내가 걸었던 호숫가와 나무와 그 허공을 맴돌던 나비까

지 다 가고 나면.

속옷을 더 이상 갈아입을 일이 없으면.

나는 갈 수 있을까요?

건너갑니다. 건너왔어요.

건너편에 있던 모든 것들이 다시 건너가는데.

당신은 나를 지켜만 봅니다.

유골함을 풀어봤어요.

당신을 맛봤어요.

되살아나는 것들이 무서워 나는 가요.

끝도 없이 자라는 넝쿨이.

계절의 머리를 뚝뚝 꺾는 꽃들이.

빈 육체에 남아 있는 사랑이.

당신의 소리를 머금고.

나는 지금 내가 무서워서 가요.

장석원 : 제가 세 번째로 낭독할 시는 『유루 무루』에 수록된 시 「나의 영혼은 그녀에게 저항할 수 없다」입니다. 이 시를 낭

독하기 전에 창작 동기를 알려드릴게요. 미국 여자 가수, 트레이시 채프먼의 「The Promise」라는 음악을 배경으로 삼고 있어요. 그 노래와 상호텍스트성을 가졌지만, 가사 내용과는 직접적 상관이 없고, 헌시처럼 쓴 시입니다.

나의 영혼은 그녀에게 저항할 수 없다
장 석 원

통증 때문에 숨 쉬고 있다는 사실을 깨닫지만
그녀가 노래를 불러 줄 때
나는 살아난다

그녀의 노래가 나를 안고
나는 저항을 모르고 사랑에 빠지고

어쩌면 나의 형벌

그녀가 떠나면
눈먼 자처럼 눈물 흘리고
한 발도 나아가지 못하고 돌이 된다

그녀의 노래 가까워질수록
나는 작아지고 어두워지고

점이 될 때까지
깎여 나간다

그녀의 목소리가 닿는다
외피를 뚫는 빛의 화살

나는 병이 들고
사랑 사라지고
노래 작은 불꽃
심장에 숨는다

새 사랑도 종국에는 사라지겠지만
더 이상 사랑이 남아 있지 않지만
그녀가 나를 떠밀며 속삭인다

다른 사랑으로 가요
광야의 바람 속으로 팔을 뻗어요
사랑에는 끝이 없어요
사랑 때문에 당신은 자유로워질 거예요

내가 당신의 따뜻한 집이 될게요
눈을 감고 당신의 몸 안에
웅크린 사랑을 느껴 보세요
당신 떨고 있나요

오정의 침묵 안으로 걸어가네
사랑하는 사람의 숨결 퍼져 나오네

햇빛의 방향(芳香) 속
붉은 발아
핏방울

김이듬 : 자신이 두려워져서 어떤 또 다른 나에게로 가는 여정이 느껴지는 두 분의 작품이었는데요. 사람이라는 존재가 열고 나아가야 할 문이 어떤 전망을 보여주면 좋겠다는 생각이 듭니다. 올해의 문이 닫힐 시간도 얼마 남지 않았는데요. 연말에 당도하기 전의 특별한 계획이 있으세요?

정우신 : 제가 계획하고 있는 건 바로 '이 시간 잘 마치자'입니다. 영광스러운 자리니까요. 그리고 제 세 번째 시집이 올겨울에 나올 예정입니다. 마지막으로 읽을 시가 다음 시집의 표제작이기도 합니다.

김이듬 : 다른 시인들보다 시집을 내는 속도가 굉장히 빠른 것 같습니다.

정우신 : 시를 굉장히 열심히 쓰고 있습니다. 편수가 적은 시집인데요. '핀 시리즈'라고 다른 출판사의 시 원고보다 절반

정도의 기획으로 출판됩니다. 『홍콩정원』 시집도 25편 정도 수록되어있고, 새로 나올 시집도 그 정도 수록될 예정입니다.

장석원 : 저는 대학교 교수이기에... 현재는 학기 중이라서 수업을 진행하고 있습니다. 10주 남은 방학을 기다리고 있습니다. 개인적으로 특정하게 바라는 것은 크게 작정한 바는 없고, 차근차근 시를 모아야겠다는 생각을 하고 있습니다.

김이듬 : 우리는 이제 마지막 작품 낭독을 듣게 될 거예요. 한 시간 넘는 시간이 빛의 속도로 지나간 것 같아요. 장석원 시인님부터 낭독해주시겠어요?

장석원 : 네. 저는 고양시의 시민이기 때문에 고양시에 관련된 시를 골랐습니다.

상호 의존적인, 경험, 물방울, 사람
장 석 원

자신들의 삶을 돌아보지 않는 것처럼 사람들은 다
른 사람의 삶도 돌아보지 않는다
경의선 가로등 열병합발전소 굴뚝 요진
아파트 후문부터 육교까지 미스터 트롯 공연 포스
터가 붙어 있다

불 켜진 마트

다리 벌린 다리의 다리

밑에서 보이던 다리들

自動

차를 삼키는 지하 주차장

퇴근하는 사람들의 어깨

인간적인 것들

얼마나 단단해졌는가

저 세계에 귀순하면

내가 고꾸라지면

나는 더 좋은 시민이 될 수 있을까

김이듬 : 방금 낭독하신 「상호 의존적인, 경험, 물방울, 사람」 시에서 自動이라는 단어를 왜 파란색으로 처리하여 문장 끄트머리에 달아놨는지 궁금해요.

장석원 : 독자의 의도와 상관없이 제가 의도한 의미는 자동차라는 단어는 자동 + 차입니다. 차와 자동을 분리하니 재미있는 일이 벌어지더라고요. 상호 의존적인, 경험, 물방울, 사람을 시민의 삶을 비교하며 단어를 쪼개니 자동적인 삶을 사는 것 같아서 自動이라는 단어를 떼서 붙였습니다.

정우신 : 저는 잘 써지지 않아서 끝까지 고심하며 썼던 시를 낭독하겠습니다. 「끝나지 않은 이야기」라는 작품인데요. 지지부진하던 와중에 이 시를 촉발시켜준 분이 여기 앉아계십니다. 김건영 시인님이라고 제 지인인데 인사 한번 부탁드립니다. 김 시인님과 술자리를 가지고 하천가를 뛰어다니며 밤에 놀았었어요. 그러면서 다른 세계의 이행을 느꼈고, 그 기분을 간직하고 싶어서 이 시를 쓰게 되었고 이 시의 제목이 세 번째 시집의 표제작이 되었습니다.

끝나지 않은 이야기
정 우 신

내가 가진 산책길을 다 줄게요

감나무와 가로수와 하천을 옮겨가며 체온을 바꾸는 햇살과 바람과
걸음 소리와 기찻길을 모두 줄게요

우리 이야기를 들으며
우월해지는 사람
유전되는 사람

어느 날은

그림자가 신의 귀 같아요

신은 우리 집에 사랑과
우울을 흘려놓고

그것을 훔쳐 갔다고 생각하는 것 같아요

우리는 그것을 죽어가는 병아리처럼
가슴에 품고 다니며

세상의 징검다리에 대해 썼어요

신은 구름으로 퍼즐 놀이를 하며
폭설을 일으키거나
무지개를 띄워놓고 긴 잠을 잡니다

우리는 새끼오리들을 옮겨주거나
물 위에 나뭇잎을 띄우고

멀리 간 바람과

우물 바닥 이끼를 향해 손가락을 뻗어보는
아주 오래된 햇살에 발등을 적셔보고

서로에게

가진 것을 모두 주었습니다

말을 잃은 당신으로부터

당신의 자식으로부터

반복될 것입니다

십자가를 보면 등이 간지러워지는

가난한 소년의 이야기가

김이듬 : 친구가 중요하다는 생각이 듭니다. 친구와의 생동
감 있는 관계의 시 같았어요.

이제 마지막 질문을 드릴게요. 두 분은 시가 써지지 않을 때
어떻게 해결하시나요?

장석원 : 제가 지금 시가 써지지 않는 상태예요. (웃음) 아까
원고를 모아볼까? 하던 것도 스스로 동기를 얻으려고 말한 것
같아요. 시는 안 써지는 것이 아니라, 쓰든 안 쓰든 정해진 시간
에 많이 생산해야 한다고 어렸을 적엔 그런 식으로 작심하고 썼
습니다. 그게 제 스타일일 수도 있는데요. 저는 짧게 오는 휴식
때 생산력이 높아져서 이동 중 떠오르는 영감을 잡아채는 것 같
습니다. 최근 시의 경향이 많이 바뀌었다는 말도 자주 들어요,
어렸을 적부터 시를 많이 써봤기에 다른 방향을 시도해보았습

니다. 여러 가지 고비를 겪으면서 여러 매체를 접하고 발전시키게 된 것 같습니다. 매번 바꾸는 것도 피곤한 일이지만, 새로운 방향성을 모색하다가 저에게 맞는 것이 있다는 가능성을 확인하게 되었습니다. 변화를 받아들이며 틈새 같은 순간들을 잘 활용하려고 해요.

정우신 : 저는 청탁이 들어오면 많이 쓰는 편인데요. 아까 말씀드렸듯이 친구들을 만나서 놀다 보면 제가 망각하고 있던 기억이 떠올라서, 그 기억을 끄집어내서 이미지도 붙여보고 서사도 길게 늘여 붙여보게 됩니다. 정말 안 써지면 첫 줄만 써보자, 한 줄만 써보자 하며 이어가며 탄생시키는 것 같습니다.

김이듬 : 시인을 집 짓는 사람에 비유한다면, 자신이 그 안에 살려고 집을 짓는 게 아니죠. 언어라는 벽돌로 집 짓는 과정을 사랑하는 사람이 시인이 아닐까 하는 생각이 듭니다. 두 분 시인님과 대화하다 보니까.

행복한 시간이었습니다. 함께해주셔서 감사합니다. 안녕히 가세요.

장석원 : 감사합니다. 기쁜 시간이었어요.

정우신 : 기억에 오래 남을 것 같아요. 다시 또 뵙겠습니다.

장석원 :

2002년 〈대한매일〉 신춘문예를 통해 시인으로 등단했다.
시집 『아나키스트』 『태양의 연대기』 『역진화의 시작』 『리듬』 『유루 무루』
산문집 『우리 결코, 음악이 되자』 『미스틱』 등을 썼다.
현재 광운대학교 국어국문학과 교수로 재직 중이다.

정우신 :

1984년 인천에서 태어나 2016년 〈현대문학〉으로 등단했다.
시집 『비금속 소년』 『홍콩 정원』이 있다.

김이듬 :

경남 진주에서 태어나 부산대 독문과를 졸업하고 경상대 국문과대학원에서 문학박사 학
위를 받았다. 2001년 계간 〈포에지〉로 등단했다.
시집 『별 모양의 얼룩』 『명랑하라 팜 파탈』 『말할 수 없는 애인』 『베를린, 달렘의 노래』
『히스테리아』 『표류하는 흑발』 『마르지 않은 티셔츠를 입고』와
장편소설 『블러드 시스터즈』, 산문집 『모든 국적의 친구』 『디어 슬로베니아』 『안녕 나의
작은 테이블이여』 등이 있다.

시마詩魔
디카에세이

송재옥 _바람으로 걷다

바람으로 걷다

송 재 옥

익숙한 여행지에서 새로운 것을 발견할 때가 있다. 통도사 서운암의 장경각에 가 본 적이 있다면 반구대 암각화 이전과 이후로 가를 수 있다. 16만 도자 경전이 있는 서운암 장경각 앞마당은 탁 트인 경관이 장관이다. 마당 끝 의자에 앉아 있으면 바람이 툭툭 건드리는 풍경소리가 마음까지 먼 곳으로 데려간다. 마치 세상의 끝에 앉아서 모든 사념은 바람이 다 쓸어가는 듯한 그곳은 무념으로 앉아있기 좋은 곳이다.

(서운암 앞마당-암각화 연못이 있기 전의 모습)

가끔 들르던 그곳에서 어느 날 낯선 연못을 발견했다. 연못엔 동물과 고래며 물고기들이 화려한 칼라로 반짝이며 유유자적하고 있었다.

알고 보니 주지인 성파스님께서 자개에 옻칠을 한 나전기법으로 연못 속에 꾸민 설치미술이었다. 반구대 암각화에 있는 동물과 물고기를 실제 크기와 같이 해서 그대로 본 뜬 거라고 했다. 영축산 등성이 암자의 앞마당에 반구대 암각화라니! 16만 도자경전을 처음 봤을 때만큼이나 놀라웠다.

(선사시대 동물들이 유영하는 암각화 연못)

해인사에는 8만 목판에 새긴 대장경이 있다. 그 대장경을 편편한 도자를 빚어 새긴 것이다. 목판은 앞뒤에 새겨서 8만인데 도자기로는 한 면만 새기니 양이 두 배가 된 것이다. 장경각 안을 한 바퀴 돌면 끝없는 대장경 행렬에 엄숙함을 뛰어넘어 평생 읽어도 다 뜻을 헤아리지 못할 것 같은 방대함에 아찔하다. 그 도자기를 성파스님이 직접 빚어서 쓰고 구웠다는 것을 알고 혀를 내둘렀는데 이번에는 암각화 재현으로 선사시대로 시간 여행을 하게 하다니 그 현란함과 진지함 그리고 솜씨에 가슴이 두방망이질을 했다.

(서운암 장경각 내부-8만 도자경전의 일부)

(서운암 장경각 내부-8만 도자경전의 일부)

통도사의 열여섯 암자 중 첫손에 서운암이 꼽히는 이유는 성파스님의 손길 덕이 크다. 암자 주차장에서 장경각으로 오르는 언덕 전체에 금낭화를 심어 금낭화 축제를 하고 천연염색 축제도 한다. 서운암의 된장 고추장은 장독대로 더 유명하다. 유명세 때문이 아니라 서운암의 정취가 좋아서 자주 찾게 된다. 그런 곳에 반구대 암각화를 옮겨놓으니 자주 가보고 싶은 이유가 또 하나 생긴 것이다.

(서운암 장독대 일부)

　　나는 서운암에서 암각화를 보고나서야 실제 반구대 암각화를 찾아 대곡리에 갔다. 물론 성파스님 작품에서 마음이 움직여서 찾아간 것이다. 차를 세우고 걷는 길은 원시림 같았다. 깊은 숲길을 걸어 들어가서 암각화를 보는데 나는 눈이 나쁘고 바위벽은 울타리에서 먼발치에 있어서 커다란 고래도 짐승도 윤곽도 잡을 수 없었다. 그러니 자연스럽게 서운암에서 가까이 보았던 짐승들의 형상을 상상으로 바위에 붙이며 느끼고 돌아왔다.

(울주군 대곡리 암각화를 찾아가는 원시림 같은 길)

(울주군 대곡리 암각화)

칠천 년의 세월 앞에서 칠십도 못 산 나의 존재감에 대해서 생각해 본다. 내 앞을 잠시 스쳐지나가는 행인의 한 사람 정도의 비중이 될까? 세상사 한 몸에 다 지닌 듯 무거운 어깨 늘어뜨리고 다니던 내가 번뜩 깨어나는 기분이 되어 돌아왔다. 마치 가벼운 깃털이 된 것 같다. 앞으로 칠천 년 후 서운암 장경각의 경전과 마당 연못의 암각화는 어떻게 자리하고 있을까. 그 시대의 후예들은 먼먼 고대인이 된 나의 발자국을 기억해줄까. 기억을 암각 하듯 자판을 찍는 손가락이 경건해진다.

2000년 〈순수문학〉 등단. 〈평사리문학제〉 1회 수상, 〈중랑문학〉 대상, 방송대 〈통문제〉 장원 등 다수 수상. 5인 디카시집 『사방 팔방』, eBook 작은시집 『저문 날의 삽화』

이혜미 시인의
옥탑방 편지

푸른 산은 무너지고 솟아오르며 사라짐을 잠시 머물게 하고

이혜미 시인

초록을 붙들고 오르던 옥탑에도 늦가을이 도착했습니다. 만추, 늦은 가을이라는 뜻이지만 어쩐지 가득 차올랐다는(滿) 느낌의 어감이에요. 가을 만조가 일렁이는 정원에는 마지막 불꽃놀이가 한참입니다. 세이지가 뒤늦게 붉은 꽃을 쏘아 올리고 장미도 남아 있던 봉오리들을 완성합니다. 가지가 말라가는 줄기 토마토들도 아직 익어가는 중이에요. 다소 쓸쓸해진 옥상을 오가며 따뜻한 곳으로 옮겨주어야 할 화분들을 골라냅니다. 몬스테라처럼 커다란 잎을 가진 관엽식물이나, 올리브와 오렌지자스민처럼 추위에 약한 나무들은 노지의 겨울을 견디지 못하지요. 반면 토란이나 작약, 당귀, 도라지 등의 구근식물들은 뿌리에 힘을 저장해두었다가 이듬해 다시 살아납니다. 추위를 견딜 수 있을까 근심하며 남겨둘 화분과 들여야 할 화분을 구분하여

옮긴 뒤 바질, 풍선초, 깻잎 같은 한해살이식물들의 씨앗을 받
아내어 유리병에 모아 두는 것으로 옥탑의 겨울 준비를 마무리
합니다. 남겨진 것, 옮겨지는 것, 그리고 미래를 담은 작은 알갱
이들.

요즘 빠져 있는 일은 모래시계를 바라보는 것입니다. 모래
시계, 하면 떠오르는 표주박 모양이 아닌 원형의 프레임을 가진
독특한 디자인으로, 거꾸로 돌려놓으면 금사가 섞인 푸른 모래
가 느리게 쏟아져 내리며 불규칙하고도 아름다운 사막과 물결
의 모양을 이루어냅니다. 방금 전까지 산이었던 모양은 능선을
따라 퍼져나가며 바다가 되고, 회오리치며 다시 솟아올라 우연
한 파도를 그려냅니다. 시간이라는 말을 풍경으로 그린다면 이
런 모양이겠구나 싶어요.

"모래알은/ 제가 모래알이라는 걸 알까?"(「가자미, 다섯」)라
고 메리 올리버는 물었습니다. 모래알은 천진하게 자기 자신일
뿐 그를 매개로 시간을 짐작하는 일은 결국 인간의 몫이지요.
그렇다면 시간은 자신이 시간이라는 사실을 알까요? 우리가 통
과하는 순간순간은 모래시계 속에서 뒤섞이는 산과 바다처럼
유동적이며 간헐적입니다. 한쪽이 무너져 내릴 때 다른 한쪽은
솟아오르며 순환을 반복하지요. 달리는 기차 안에서 바라보는
풍경처럼, 시간을 제외한 모든 것이 흐르고 있기에 우리에게 시
간은 움직이는 것처럼 보입니다.

　최근에는 좋아하는 친구와 박람회에 갔다가 아름다운 나무 시계를 가지게 되었어요. 짧은 문장을 각인할 수 있다고 해서 친구와 머리를 맞대고 고민하다 이런 문구를 새겼습니다. "오랜만이에요." It's been a long time. 영화 「만추」의 마지막 대사였지요. 시계에 적힐 문장으로 어울릴지는 모르겠지만 매 순간이 오랜만이기를, 작은 바람개비나 풍향계처럼 쉼 없이 움직이는 초침과 분침이 지금 여기를 증명해 주기를 바랐던 것 같아요. 친구는 시계 하나에 너무 많은 의미를 담는다며 웃었지만요.

　옥탑에는 크고 작은 바람이 수없이 오갑니다. 다양한 표정을 가진 바람의 방향과 양을 가늠하기 위해 여러 곳에 바람개비를 꽂아두었어요. 바람개비가 풍량과 풍속을 번역하는 모습과 모래시계가 산을 만들고 허무는 모습은 어딘가 닮았네요. 바람이나 시간처럼 보이지 않는 것을 바라볼 수 있도록 해 주는 도구들을 좋아합니다. 창가에는 닭 모양의 청동 풍향계를 꽂아두었고 볕을 모아두었다가 어둠이 내리면 불을 켜는 태양광 정원등도 여러 개 놓아두었습니다. 빛과 바람, 어둠과 시간. 우리를 둘러싼 불가항력들을 지켜보기. 그건 가늠할 수 없는 이 세계에 내던져진 자로서의 최선처럼 느껴지기도 합니다.

모래시계를 뒤집습니다. 만추의 모래바람 속에서 빛과 바다가, 산과 어둠이 뒤섞이며 가득히 차오릅니다. 남겨둔 것과 사라질 것들이 구분되지 않는 지금. 오랜만이에요, 속엣말을 되뇌며 겨울의 한복판으로 걸어 들어갈 시간입니다.

이혜미
2006년 〈중앙일보〉 신인문학상으로 등단
고려대학원 국어국문학과 박사 수료
현 〈고양예술고〉 강사, 〈협성대학교〉 문예창작학과 강사
시집 『보라의 바깥』 『뜻밖의 바닐라』 『빛의 자격을 얻어』
에세이집 『식탁 위의 고백들』

양진기 시인의

詩詩 때때로

참혹한 나날들

양진기 시인

10월 30일. 자정이 조금 지나 눈을 뜨고는 잠이 오지 않아 휴대폰을 켰다. 이태원 핼러윈데이 압사 사고를 알리는 기사가 떴길래 사람이 많이 모인 축제에서 으레 발생할 수 있는 작은 사고인 줄 알았다. 몇 명 정도 다쳤겠지, 생각하고는 지나쳤는데 시간이 지나면서 구체적으로 사망자가 오십 명에서 백 명, 백오십 명으로 늘어나는 믿기 어려운 대형 참사로 커졌다. 뉴스의 참혹한 장면들을 보기가 너무 괴로워서 멍한 상태였다가 갑자기 눈물이 쏟아졌다. 한창 피어날 나이의 젊음이 무참히도 꺾여 길바닥에 내동댕이쳐진 장면을 도저히 볼 수가 없었다.

두어 해 전 가까이에서 사랑하고 아끼던 젊은이를 황망하게 떠나보낸 슬픔이 다시 온몸을 휘감았다. 희생된 젊은이들의 부모는 어떤 심정이었겠는가?

　　TV도 꺼놓고 인터넷 기사도 보지 않으면서 우울하게 며칠을 보냈다. 그런데 이 어마어마한 참극에 책임지는 정부 인사는 없고 변명하기에 바빴다. 심지어 서양 귀신 놀이를 하다가 죽은 개인의 사고를 국가가 왜 책임져야 하냐며 장례비로 책정된 돈이 아까우니 국가의 돈을 쓰지 말라며 오만 명이 청와대에 청원까지 했다. 인터넷 댓글들을 보면 인간이기를 포기한 악귀들이 따로 없었다. 물론 세상에는 개인의 실수로 인한 사고로 목숨을 잃는 경우도 많이 있다. 하지만 대규모 인파가 모일 것을 미리 알고 있었던 경찰이나 용산구청, 서울시, 행정안전부가 어떤 안전대책도 없이 방치한 결과가 끔찍한 참사로 나타난 것이다. 민주사회에서는 권력이 있으면 반드시 책임도 따르는 법이다. 권

력을 행사하는 건 즐기고 시민들의 안전은 나 몰라라 하는 후안 무치한 자들이 널려 있다. 애민 정신은 없고 권력욕만 있는, 심지어 무능하기까지 한 자들이 젊은 시민들을 죽였다. 그 뻔뻔한 자들을 용서할 수 없다.

한남동에서 자랐고 보광동, 이태원 골목에서 유년기와 청소년기, 청년기를 보냈기에 참사 장소인 헤밀톤호텔 삼거리도 잘 알고 있다. 1974년 중학교 1학년 때 신문을 돌렸었는데 헤밀톤호텔 맞은편 2층에 있었던 중앙일보 이태원보급소에서 배달 소년 일을 시작했다. 70년대 초만 하더라도 우리나라가 경제적으로 어려워서 내가 맡은 배달 구역에는 미군을 상대하는 양색시들이 상당히 많이 있었다. 그 당시 환율로 1달러가 500원 할 때 한 달 신문구독료가 450원이었다. 신문 대금을 수금하러 가면 맘씨 좋은 누이 같던 양색시가 1달러를 주며 나머지는 가지라고 했다. 어느 날 그 집에 배달하러 갔는데 집주인으로 보이는 사람이 신문을 그만 넣으라고 했다. 집주인에게서 그 누이 같던 여성이 사망했다는 말을 듣고는 가슴이 내려앉는 것 같았다. 어떤 사고였는지 모르지만 내가 겪은 최초의 젊은 죽음이었다.

　　2009년도에도 용산에서 참혹한 죽음들이 있었다. 용산 남일당 건물 망루에서 농성하던 철거민들을 잔혹하게 진압하여 철거민 5명과 경찰 특공대원이 불에 타 숨졌다. 현장에 투입된 경찰 중에서도 무리한 진압으로 사고가 발생할 수 있다고 보고했지만, 당시 서울시경찰청장이었던 인간은 병력투입을 명령하였다. 철거민들의 목숨은 안중에도 없었다. 그 당시의 서울시장이 지금의 서울시장이고, 그 당시의 서울시경찰청장은 사건 이후 승승장구하여 지금도 여당 국회의원을 지내고 있다.

2022년 현재의 우리나라는 60년대 70년대의 빈약하고 가난한 후진적 국가가 아니다. 경제적으로, 문화적으로 이루어낸 눈부신 성과를 바탕으로 세계인들의 주목을 받는 국가가 되었다고 기뻐했었는데 ……. 대한민국은 민주공화국이고 민주공화국의 주인은 국민이어서 대표로 선출된 위정자는 국민의 생명과 재산을 보호하기 위해 최선을 다해야 한다고 배웠다. 엄청난 참사에도 책임회피에만 급급하고 사과의 말조차 인색한 야비하고 무능한 인간들이 다스리는 나라가 젊은 시민들을 죽였다. 반성하고 각성하지 않는 한 역사는 반복된다. 차마 이번 참사를 시로 쓸 수 없어서 등단 전에 썼던 패러디 시를 꺼내본다.

용산참사역을 지나며

불타 없어진 것이 망루뿐이랴

우리 마음도 타버린 재가 되어서

용산 남일당 폐허를 지날 때마다

핏발 선 눈알에 실금이 간다

어둠이 내리기 직전

최후로 타오르는 저녁놀을 보며

고개 숙여 한숨만 토하다가

나는 검은 그림자를 끌고 갈 뿐이다

살려고 몸부림치던 목숨들이

그렇게 타버려 숯덩이 되어

낮게 깔린 서편 하늘

벌겋게 타오르다 암흑이 되는구나

우리도 그들과 같아서

사위는 노을을 몸에 걸치고

이승과 저승의 경계에 서서

다시 무거운 그림자를 끌고 가야 한다

*정희성 시인의 「저문 강에 삽을 씻고」를 패러디 힘.

[사진은 인터넷 기사에서 발취하였습니다.]

양진기(시인)
2015년 〈리토피아〉 등단
시집 『신전의 몰락』(2017 세종우수도서 선정)
〈한국작가회〉 회원

시마詩魔

II

최보슬

황백조

랜드마크

최 보 슬

눈동자를 닮은 대륙이 있어
그곳은 약속의 땅

약속에 늦은 꿈속은 피가 빠진 색

다친 잠이 꿈속에 수를 놓는다

왼쪽으로 누우면 오른쪽 꿈을 꾸는 것 같아

소녀에게는 소녀만의 행렬이 있고
　소녀만의 벽장이 있고 소녀는 바쁜 와중에도 발이 없는 천사
를 가지고 있다

눈과 눈물은 대화를 나눠 가지고
소녀는 얼굴에서 헤엄치는 기분이 된다
잠이란 뼈 속을 짐작해 보는 일이라고 믿게 되었다
구겨진 영토 속에 잠들어 있는 소녀의 혀

소녀는 아무도 보지 않는 표정을 연습한다

몰골이 흉한 축복 속에 소녀가 있다
가장 보통의 길에서 누가 다녀갔는지

소녀의 어딘가는 거의 다가 청춘이었다

몸속에 묻혀 자란 소녀의 꿈
그것은 끝없이 장식되었고 뼈의 기슭에서 단단히 흐르고 있
다

죽었니?
대륙이 된 눈동자가 있어

웃다 잠든 꿈속은 비에 젖은 색

모르는 얼굴이 순간순간에 도착하며

처음 겪는 울음은 젖고 난 후의 색

닫히지 않고도 닫히는 대륙

소녀의 잠에 사람들이 끝없는 줄을 서 있다.

boseul32@naver.com

하늘문 열리던 날

황백조

한 줌의 재가 되어 바다로 떠나던 날
먹구름 사이로 하늘문이 열렸어

열린 하늘문으로 한 마리 새가 되어
날았는지도 몰라
태평양과 대서양 그리고 인도양
전 세계의 섬을 날아다니며
하고 싶은 것 다 하면서 날고 있을 거야

살아서 지켜주지 못한
가족들 건강과 행복
하늘에서 잘 지켜줄게요
건강도 못 지키고 죄송합니다
가족들 가슴에 슬픔만 남기고 떠났네요
슬퍼하지 마세요
좋은 곳으로 여행 떠났다고 생각해주세요
부디 건강하시고

오래오래 행복하게 지내세요
사랑해요, 우리 가족.

계간 〈시마詩魔〉
2023년 시 작품 응모안내

　〈도서출판 도훈〉에서는 새로운 작법을 시도함으로써 다각적으로 변하고 있는 현대시를 수용하고자 시잡지 〈시마詩魔〉를 **계간지**로 발간하고 있습니다.

　〈시마詩魔〉는 시, 시조, 동시, 디카시, 디카에세이, 시화, 캘리그라피 등 다양한 형태의 작품을 담아 시의 저변을 확대하고자 합니다.

**〈시마詩魔〉는 시를 사랑하는 모든 사람을 위한
다양한 볼거리와 읽을거리를 제공해 드립니다.
〈시마詩魔〉에 많은 응모를 바랍니다.**

■ 대상 : 시를 사랑하는 누구나 가능합니다.
　　　등단, 미등단에 상관없이 응모 가능합니다.
■ 응모 기간 : 봄호 2023년 2월 3일(금)
　　　　－ 선정 공고 8월 24일(예정)에 홈페이지에 공지합니다.
　　　　여름호 2023년 4월 28일(금)
　　　　가을호 2023년 7월 28일(금)
　　　　겨울호 2023년 10월 27일(금)

■ 작품이 선정되신 분들에게는 책을 보내드립니다.

■ 이메일 접수만 가능합니다.
　　(모집 공고를 보고 꼭 공고 내용대로 접수해 주세요)
　　원하는 분야에 각 1편씩만 접수 가능합니다.
　　(초등학생은 디카시와 동시만 접수 받습니다)
보내실 곳 : hello@dohun.kr

자세한 내용은 홈페이지(www.dohun.kr)를
참고해 주세요. 〈도서출판 도훈 －시마〉

계간 시마 접수 안내

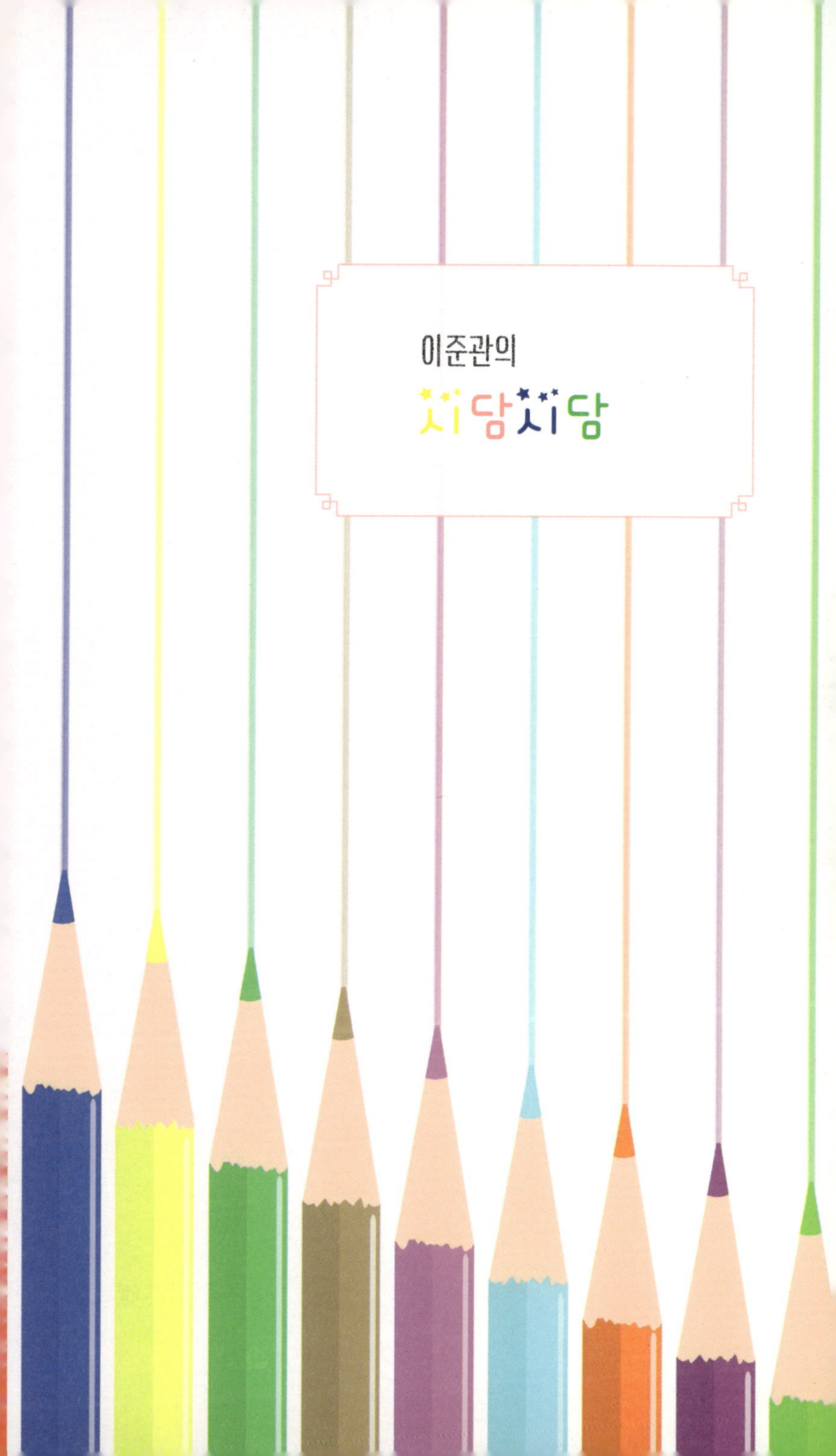

이준관의
시담시담

동심의 기적, 일본의 동요시인 '가네코 미스즈'

이준관 시인, 아동문학가

이번 호에는 해외의 동시 문학을 이야기해 보려고 한다. 그 중에서 일본의 동요시인 '가네코 미스즈'에 관해 이야기해 보려고 한다. 가네코 미스즈의 동요 동시는 우리나라뿐만 아니라 세계 여러 나라에 소개되었다. 그를 알게 된 것은 2009년쯤이었다. 우연히, 정말 우연히 서점 서가 맨 끝에 묻혀 꽂혀 있는 그의 동시선집 「나와 작은 새와 방울과」를 발견했다. 가네코 미스즈는 처음 보는 이름이었다. 책머리에 그를 소개한 글을 읽고 적잖이 놀랐다. 잘못된 결혼으로 인해 일찍 자살로 생을 마감하고 50여 년간 잊혔다가 남동생이 소중히 간직하고 있던 원고를 찾아내어 책으로 펴내게 된 전말은 기적 바로 그 자체였다. 27살에 죽은 그가 500편이 넘는 수많은 동요 동시를 썼다는 것도 놀

가네코 미스즈(1903.4.11.~1930.3.10.)

라울 일이었다. 나중에 드라마로 제작이 되어 일본의 사랑받는 국민 시인이 된 것도 드라마틱했다.

　무엇이 그를 이렇게 기적적으로 살아나게 했을까. 나는 그것이 궁금해서 동시를 읽어보았다. 동시를 읽으면서 그가 얼마나 착하고 선량한 동심을 지니고 있는지를 한눈에 알았다. 기적적으로 살려낸 것은 바로 천사 같은 착한 동심 때문이었다. 동시집 머리말을 쓴 해설자의 말대로 "가네코 미스즈의 동요는 작은 것, 힘이 약한 것, 이름 없는 것, 쓸모없는 것, 지구라는 별에 존재하는 모든 것에 대한 기도의 노래"였다. 하느님께 드리는 간절한 기도와 같은 동시. 그래서 감동의 울림이 오래 갔다. 그의 기적의 원천은 바로 동심이었다.

어린애가
새끼 참새를
붙잡았다

그 아이의
어머니
웃고 있었다

참새의
어머니
그걸 보고 있었다

지붕에서
울음소리 참으며
그걸 보고 있었다.

「참새의 어머니」 전문

가네코 미스즈의 시선은 항상 작고 힘없는 것들에게 가 있다. 작고 약한 것들을 안타깝게 바라보고 그들의 아픔을 보듬어 주려고 한다. 참새 어머니의 마음이 되어 울음을 참으며 쓴 동시가 '참새의 어머니'라는 시다. 그는 모든 약하고 힘없고 억압받는 자에 서서 그들의 아픔과 슬픔을 노래하고 있다. 바다의 물고기를 가엾게 생각하고, 생선 싣고 머언 읍내로 꾸중 들으며 가는 말을 불쌍해한다. 이런 착한 동심이 그의 동시를 일본을 뛰어넘어 세계 여러 나라의 공감을 얻게 한 것이다.

꽃집 할아버지
꽃 팔러,
꽃은 마을에서 다 팔렸다

꽃집 할아버지
쓸쓸하겠다
기른 꽃들이 다 팔렸다

꽃집 할아버지
날이 저물고,

덩그러니 혼자서 오두막 속에.

꽃집 할아버지
꿈에 본다
팔려 간 꽃들 행복한 얼굴

–「꽃집 할아버지」 전문

자식처럼 가꾸고 피운 꽃들을 생각하며 저무는 날 덩그러니 혼자 오두막집에 앉아 있는 할아버지의 모습이 애틋하다. 자식처럼 키운 꽃을 사랑하는 할아버지의 마음은 바로 가네코 미스즈의 마음이기도 하다. 그런 마음이기에 이혼을 하고 딸까지 빼앗길 처지로 몰리자 딸에게 자신의 얼굴을 남기기 위해 사진관에서 마지막 사진을 찍고 다음 날 수면제를 먹고 생을 마감했던 것이리라.

내가 양팔을 활짝 펼쳐도

하늘을 조금도 날 수 없지만

날으는 작은 새는 나처럼

땅 위를 빨리는 달릴 수 없어

내가 몸을 흔들어도

고운 소리 나지 않지만

저 우는 방울은 나처럼

많은 노래 알지는 못해

방울과, 작은 새와, 그리고 나

모두 달라서 모두가 좋아

– 「나와 작은 새와 방울과」 전문

　　방울과 작은 새와 내가 모두 달라서 모두가 좋다는 말에 누구든 공감을 할 동시다. 이 세상은 모두 달라서 무지개 빛깔처럼 곱고 아름다운 것이다. 그런 생각을 갖고 있기에 가네코 미스즈는 작은 미물에서 사람에 이르기까지 모든 것을 좋아하고 사랑했다.

나는 좋아하고 싶어
무엇이나 어떤 것이나 모두

파도, 토마토도, 생선도
남김없이 좋아하고 싶어

우리 집 반찬은 모두
어머니가 만드신 것

나는 좋아하고 싶어
누구든지 어떤 사람이라도 모두

의사라도 까마귀라도
남김없이 좋아하고 싶어

세상 것은 모두
하느님이 만드신 것

-「모두를 좋아하고 싶어」 전문

어머니가 만든 반찬에는 어머니의 사랑이 담겨 있다. 하느님이 만든 모든 것 또한 그렇다. 그러므로 세상에 태어난 것들은 모두 값지고 소중하다. 의사처럼 높은 존재도 까마귀처럼 비천한 것도 모두 귀하고 소중한 것들이다. 모두들 사랑받기 위해서 태어난 존재이기 때문이다. 모두 달라도 모두가 소중한 존재이기에 차별 없이 좋아하고 사랑해야 한다는 것을 가네코 미스즈는 동시를 통해서 우리에게 깨우쳐주고 있다.

내가 사는 동네의 골목길에는 아침 열 시만 되면 어린이집 아이들을 데리고 선생님들이 나온다. 선생님 손을 잡고 나온 아이들이 참새처럼 참으로 귀엽다. 선생님이 "얘들아 저 앵두꽃 봐. 우리도 앵두꽃처럼 웃어 보자"하면 앵두꽃처럼 웃는 모습이 앙증맞다. "얘들아, 저 하늘에 토끼 구름 봐. 우리도 토끼처럼 한번 뛰어보자" 하면 토끼처럼 깡충 뛰는 아이들이 사랑스럽다. 아이들이 바로 한 편의 시다. 저런 아이들이 동시를 읽으며 착한 동심을 잃지 않고 자라면 얼마나 좋을까 하는 생각을 해본다.

동시 「참새의 어머니」를 읽고 자란 아이들은 작고 힘없는 동물들을 사랑하게 될 것이다. 그런 아이들은 동물뿐만 아니라 모든 생명 있는 것들을 사랑하게 될 것이다. 「꽃집 할아버지」를 읽고 자란 아이들은 꽃들을 아끼며 사랑할 것이다. 「나와 작은 새와 방울과」를 읽은 아이들은 나와 다르다는 이유로 남을 차별하거나 괴롭히지 않을 것이다. 우리 사회는 갈등이 너무 심한 사회다. 서로 갈라져서 싸우고 다투고 경쟁한다. 어른들도 아이들에게 끊임없이 경쟁을 부추긴다. 우리의 미래인 아이들이 병들면 우리 사회도 병들게 된다. 아이들에게 무엇을 가르쳐야 할까. 무엇을 배우게 해야 할까. 어린이들에게 시처럼 좋은 인성 교육, 정서 교육이 없다. 그래서 프랑스에서도 초등학교부터 시를 읽고 암송하게 한다고 한다. 시를 읽으면서 어떻게 사는 것이 올바른 길인가를 어린 시절부터 배우게 했으면 좋겠다는 생각을 해 본다.

이준관(시인, 아동문학가)
1971년 〈서울신문〉 신춘문예 동시 부문 당선
1974년 〈심상〉 시 부문 등단
동시집 「쥐눈이콩은 기죽지 않아」 「흥얼흥얼 흥부자」 외 다수. 시집 「가을 떡갈나무 숲」 「부엌의 불빛」 외 다수
〈소천아동문학상〉, 〈방정환문학상〉, 〈김달진문학상〉 수상 외 다수

이은정의

오후의 문장

'덮치는' 글보다 '물드는' 글

이은정 작가

박찬욱 감독의 영화 '헤어질 결심'에 이런 대사가 있다. "슬픔이 파도처럼 덮치는 사람이 있는가 하면, 물에 잉크가 퍼지듯이 서서히 물드는 사람도 있는 거야." 나의 경우는 후자에 가까운데, 그런 슬픔에는 답이 없다. 슬픔이란 것에 포로가 된다. 아주 오랫동안 마음 안의 모든 장치에 박혀 인생을 조종하는 숙주가 된다. 우울증과 공황장애 앞으로 끌고 가 무릎을 꿇린다. 그들의 먹이가 된다.

명랑하고 해맑은 사람과 전반적으로 쓸쓸함을 장착한 사람 중에 많은 경우 전자를 좋아한다. 그것이 설령 기획되었거나 설정된 밝음이라 할지라도 웃는 얼굴에 끌리는 건 동물도 마찬가지라고 했다. 그러나 나는 조금 다르다. 눈빛이 메마른 우물 텅 비어 있는 사람. 아무것도 욕망할 기력이 없는 얼굴을 가진 사람에게 마음이 간다. 연민일지도 모르겠다. 벗어날 수 없는 감정에 서서히 고립되고 있음이 느껴지는 사람에게 나는 늘 손을 뻗고 싶어진다.

오래전에 한 남자 연예인이 이상형에 관한 기자의 질문에 이렇게 말했다. 슬픔이 많은 사람을 좋아한다고. 슬픔이라고 했는지 상처라고 했는지 정확하지는 않지만, 그런 분위기의 여자를 좋아한다고 했다. 참 특이한 사람이라고 생각했었다. 실제로 그는 그런 여자를 만났고 결혼까지 했다. 그리고 이혼도 했다. 이혼 사유를 묻는 말에 그는 대답했다. 사람이 너무 우울해서 감당할 수 없었다고. 감당, 이라는 단어를 썼었는지는 모르겠다. 어쨌든 그는 그래서 결혼했고 그래서 이혼했다. 아무리 사랑해도 대신 감당해줄 수 없는 감정이 있다. 서서히 퍼져서 반드시 물드는, 검은색 잉크처럼.

나도 끈질긴 슬픔을 앓았다. 그 사슬을 끊으려고 바닷가에도 살아보고 산골에도 살아보았다. 어쩌면 반대가 답일지도 몰라서 서울 도심으로 왔다. 결론은 장소가 중요한 게 아니었다. 내가 나인 이상, 나를 끌고 어디로 가든 나는 따라왔다. 표면적이 아니라 본질적으로 행복하기를 바란다던 누군가의 말을 곱씹는다. 그 말은 덕담이 아니라 폭력이었다. 혈관이 감정의 찌꺼기로 오염되어 버린 사람에게는 하루를 살아갈 식욕만이 필요할 뿐, 본질적인 행복이란 허상일 뿐이다. 완전히, 표면적으로도 힘든 일이다.

작가가 되고 난 후 그런 마음들이 글의 소재가 되었다. 나의 에세이는 좀처럼 밝아지지 않는다. 반면에 나의 소설은 잔혹하고 거침없다. 에세이에는 나 자신이 너무 많이 투영되기 때문에 쓸 때마다 괴롭고, 소설에서는 숨어 있던 본능을 끄집어내야 하므로 쓸 때마다 두렵다. 말하자면 괴로움과 두려움 중 하나를 선택해야 하는 업무가 매일 주어지는 것이다. 괴로움과 두려움은 큰 차이가 있다. 괴로움은 이미 일어난 일에 대한 고통, 두려움은 앞으로 벌어질 일에 대한 공포. 나는 주로 두려움 쪽을 택하고 있다. 에세이보다 소설을 많이 쓴다는 뜻이다.

　　강의를 할 때도 차이를 둔다. 소설 강의를 할 때 나는 수강생들에게 말한다. 두려워하지 말라고. 에세이 강의를 할 때는 이렇게 말한다. 괴로워질 거라고. 소설을 처음 쓰는 사람들은 걱정과 두려움에 차 있는 반면, 에세이를 처음 쓰는 사람들은 에세이 쓰는 게 괴롭다는 걸 아직 모르는 경우가 많았다. 그래서 소설 수강생들에게는 두려움을 덜어주고 에세이 수강생들에게는 만만하게 보지 말라는 말을 하는 것이다.

　　다시 한번 영화 '헤어질 결심'의 대사로 간다. "슬픔이 파도처럼 덮치는 사람이 있는가 하면, 물에 잉크가 퍼지듯이 서서히 물드는 사람도 있는 거야."라는 문장에 '슬픔'이라는 단어를 '행복'으로 바꿔보자. 그것 또한 나는 후자에 속한다. 슬픈 감정과 마찬가지로 행복감도 일시적으로 크게 느껴지지 않는 것이다. 아마도 그건 특정한 감정 탓이 아니라 개인의 성향이 관여하는 것 같다. 크게 웃고 크게 우는 사람 vs 속으로 웃고 속으로 우는 사람.

나는 지금까지 조금 억울하다고 생각했는데, 그게 작가로서는 꽤 괜찮은 성향이라는 것을 알게 되었다. '덮치는' 글보다 '물드는' 글을 쓰고 싶어 하는 나에게는 적어도 그렇다. 여전히 그늘 밑에 살고 있는 내게도 본질적인 행복을 얻을 수 있는 기회가 온다면, 아마도 내 글이 많은 사람을 물들인 후가 되지 않을까 싶다. 부디 햇살 한 줌 품고 있다면 바랄 것이 없겠다.

나는 그늘이 없는 사람을 사랑하지 않는다
나는 그늘을 사랑하지 않는 사람을 사랑하지 않는다
나는 한 그루 나무의 그늘이 된 사람을 사랑한다
햇빛도 그늘이 있어야 맑고 눈이 부시다

– 정호승 詩「내가 사랑하는 사람」부분

이은정(소설가)

2018년 〈동서문학상〉 대상
2020년 아르코 문학창작기금 수혜
2021년 〈현진건문학상〉 추천작 선정
〈대한경제〉'마음의 창' 에세이 연재 중
소설집『완벽하게 헤어지는 방법』
산문집『눈물이 마르는 시간』『쓰는 사람, 이은정』
　　　『시詩끄러운 고백』
nanagogju@naver.com

제1회 시마詩魔 청소년작품상 수상 특집

대시인의 처음을
목격하고자 한다

예심위원: 박수빈(시인, 문학평론가) 김대현(문학평론가)
본심위원: 나태주(시인, 공주풀꽃문학관 관장)
　　　　　　이은봉(시인, 대전문학관 관장)
　　　　　　유수진(시인, 시마 편집장, 글)

> 백석 시인에게 가즈랑집이 있듯이
> 어린 시인에겐 □□□□이 있다. 그리고
> 눈 내리는 어느 저녁, 백석 시인이
> 박씨봉방에서 편지를 썼듯이
> 어린 시인은 어느 아침나절, 4월의
> 순한 연두를 보며 □□□□에서
> 편지를 쓴다.

　백석 시인의 첫 시집 『사슴』 초판본의 표지를 열면 세로쓰기로 인쇄된 목차가 나오고 책의 첫 시로 「가즈랑집」이 실려 있다. 본심을 거쳐 올라 온 어린 시인들의 작품을 읽어가며 어린 시인의 '가즈랑집'과 어린 시인의 '박씨봉방'(백석, 「남신의주 유동 박씨봉방」)을 생각했다. 어느 어린 시인은 가즈랑집을 이미 지나왔을 것이며 어느 어린 시인은 아직 가즈랑집에서 자라고 있을 것이다. 그리고 어린 시인들은 자라 시인이 될 것이다. 시인은 흰 눈을 밟으며, 시인은 노란 낙엽을 밟으며, 시인은 투명한 물

제1회 시마청소년작품상 본심을 하고 있는 나태주, 이은봉, 유수진 시인(오른쪽부터)

방울을 밟으며, 각자의 박씨봉방에 도착할 것이다.

　도서출판 도훈에서 〈시마〉를 발간한 지 벌써 4년이 되었다. 〈시마〉 창간 회의 첫 모임에서 이도훈 발행인은 학생작품에 대한 특별한 애정을 밝혔다. 〈시마〉는 창간호부터 지금까지 학생작품 코너를 통해 어린이, 청소년의 시적 재능을 발굴해왔다. 시적 재능의 다른 이름은 결국 시적 열정이다. 돌이켜보면 심사위원도 시앓이를 처음 시작했던 때는 아주 오래전이었고 그때는 어렸다. 함께 본심을 해 주신 대시인, 나태주 선생님의 처음도 오래전이었고 어렸다고 들었다. 계간 〈시마〉는 앞으로도 어린이, 청소년 시인을 발굴하여 대시인의 처음을 목격하고자 한다.

　예심은 박수빈 시인과 김대현 문학평론가가 맡아 주셨다. 시와 디카시를 초등·중등·고등으로 구분하여 심사했다. 예심

평가서에는 일일이 점수가 매겨졌다. 두 예심위원의 점수를 합산한 총점으로 부문별 본심 작품을 선별했다. 본심에 올라 온 작품은 총 37편이었다.

　제1회 시마청소년작품상은 2022년 한 해 동안 〈시마〉 학생 작품 코너에 발표된 시를 대상으로 했다. 〈시마〉에 이미 게재된 작품들은 각호마다 응모를 받아 선정 과정을 거쳤다. 그러니 봄호, 여름호 그리고 가을호에서 우수한 작품성을 인정받은 작품이라 하겠다. 그럼에도 불구하고 다시 예심과 본심을 시행하여 최우수·우수·장려상을 뽑아 시상하는 데에는 다음과 같은 이유가 있다. 첫째 이도훈 발행인은 청소년 사랑이 각별하다. 작품상 시상을 통해 어린 시인들의 시적 열정을 돕고 시 사랑을 독려하고 싶다는 포부를 가지고 있다. 둘째 〈시마〉가 학생과 청소년에게 올바른 시의 방향을 제시하고 싶다. 물론 시의 방향이 한 가지만 있지는 않다. 방위엔 동서남북이 있고 동서, 남북 등이 있고 그사이에도 또 방위가 있다. 무수한 방위와 방향이 있듯이 시를 쓰는 방법과 방식도 무수하다. 그러나 어느 방향은 앞으로 가는 방향이고 어느 방향은 뒤로 가는 방향이다. 지그재그로 가더라도 앞으로 향하고 있다면 결국 앞으로 나아갈 수 있다. 그럼 여기서 꼭 앞으로 가야만 하는 걸까, 라고 되물을 수 있다. 이 글을 쓰는 심사위원도 사실 잘 모르겠다. 그렇지만 어떤 일, 특히 배우는 일은 그래도 앞으로 나아가야 하지 않을까, 생각한다. 제1회 시마청소년작품상을 시상한다. 부디 어린이와 청소년이 시로 걸어갈 때 그 걸음을 앞으로 이끄는 힘이 되길 소망한다.

　다만 이번에는 초등부 시 부문 수상작을 내지 않는다. 수려한 작품은 있었으나 본심위원들의 눈에 어린이의 낱말로 보기 어려운 시어들이 다수 포착되었다. 무척 아쉽지만 본심위원들은 초등부 시 부문 수상작을 뽑지 않기로 만장일치했다. 지나친 첨삭은 오히려 작품을 방해한다는 것을 명심해 주기 바란다.

　제1회 시마청소년작품상은 최우수상 1명, 우수상 3명(고등부 2명, 중등부 1명) 장려상 8명(고등부 4명, 중등부 4명) 디카시 장려상 5명(고등부 1명, 중등부 2명, 초등부 2명)을 시상한다.

　본심에 참여해 주신 나태주 시인님(공주풀꽃문학관 관장)과 이은봉 시인님(대전문학관 관장)에게 깊이 감사드린다.

제1회 시마청소년작품상 시상식

1부 사회 : 유수진 시인
(시마 편집장)

축사 : 유자효 시인
(한국시인협회 회장)

축사 : 허형만 시인
(가톨릭문인협회 회장)

축사 : 최금녀 시인
(한국시인협회 부회장)

문학 강연 : 이승하 시인
(중앙대학교 문예창작과 교수)

2부 사회 : 권지영 시인

환영사 : 이도훈 시인
(시마 발행인)

격려사 : 정숙자 시인

격려사 : 김미희 시인
(시마 필진, 미국 달라스)

장려상 : 이다인 예일여중 1학년, 박예솔 병점중학교 1학년 / 수상 신지영 작가

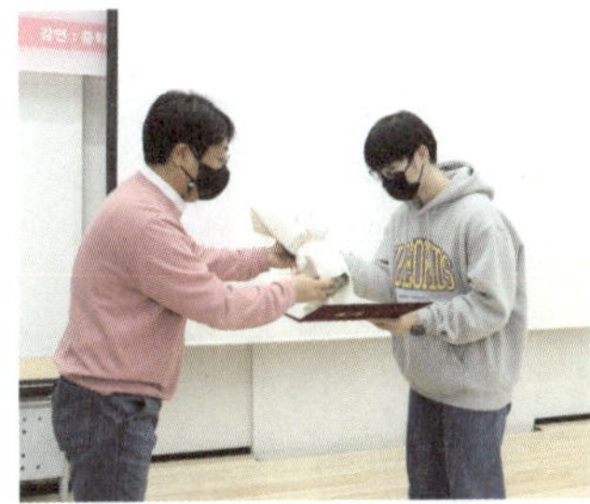 

장려상 : 이지호 심석고등학교 3학년, 양승언 인덕원고등학교 2학년 / 수상 김재홍 시인

장려상 : 이지민 고양예술고등학교 1학년 / 수상 이도훈 시인

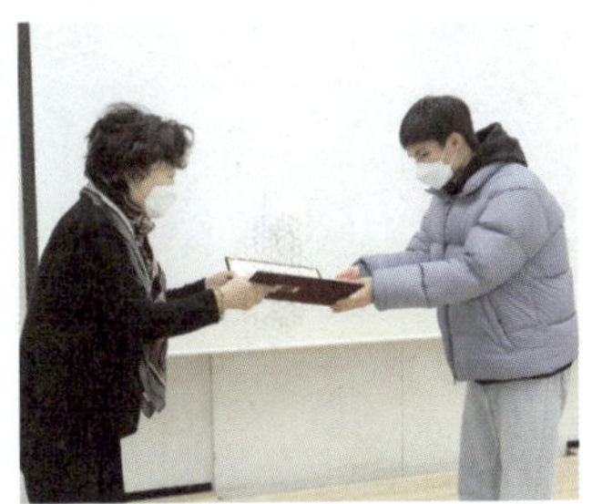 

우수상 : 김택민 홍성고등학교 3학년 / 수상 최금녀, 이도훈 시인

우수상 : 윤태희 안양예술고등학교 3학년 / 수상 허형만, 이도훈 시인

최우수상 : 안선용 안양예술고등학교 3학년 / 수상 이승하 교수

영상으로 심사평 하는 나태주, 이은봉 심사위원

제1회 시마청소년작품상
심사평 듣기: 유튜브(날다의 뜨락)

제1회 시마청소년작품상 수상자들과 이도훈 발행인, 유수진 편집장

제1회 시마청소년작품상 시상식, 2022년 12월 3일, 서울 예술가의 집

작은 창문

안 선 용

하나요양병원 202호실

그녀가 밤을 닫고 해를 열고 있다

밖을 바라볼 수 있게 해주는 힘,

작은 창문의 말일 것이다

빈 병실에 그녀가 늘 쓰고 지우는 창문으로

두꺼운 전화번호부의 한 면을 베껴 적다 보면

TV 속 검은 화면에 응답하지 않은 미수신

볼펜 심 끝자락에 침 묻히듯

창문에 비친 그녀 눈엔 백야가 껴 있다

수척해진 뼈마디에 꽂힌 포도당

링거를 타고 오래된 번호가 줄줄이

유일하게 외울 수 있는 암호였지만

부를 사람 없을 텐데

침침한 눈으로

바뀌지 않는 슬픔을 천천히 누르듯

그녀는 구멍 난 양말을 더듬으며

거실 소파에 앉아

바느질하던 어느 아침을 떠올린다

모든 걸 잊기 위해

모두가 모인 밥상에서

남편이 출근길에 색다른 양말을 뒤집어 신고

그녀 손에서 소금이 몇 스푼가량 더 들어가고

투정 없이 창문으로 들어오던 찬바람 같던 아들

이제는 반가웠던 아침이 지워지고 있다

그녀가 오래도록 침을 묻히며

미처 지우지 못한 잉크가 기억 속에 번지고

생의 마침표를 찍고 있을 것이다

1인실만 한 창문에 남은 하루였을지라도

늘 밖과 안을 서성이는 그녀에게

맹맹해진 코를 괜스레 훌쩍이듯

가까이 있지 않더라도

아주 가까이 있던 걱정이 있다

안양예술고등학교 문예창작과 3학년

네잎클로버

윤태희

미끄럼틀 밑에서 남자 아이가 여자 아이 손바닥 위에

네잎클로버 하나를 올려놓는다

흙빛 물든 손가락들은 기다림을 배운 것이다

손바닥과 손바닥이 포개어질 때

그 틈으로 비집고 들어오는 질투가 있다

홀로 행운을 쥔 주먹이 멀어지는 것 같아

한 발자국 모자란 뒷모습처럼 슬퍼질 때

초록 끝에 달아둔 마음이

여름처럼 더워진다

미끄럼틀 사이로 그네 사이로 울타리 사이를

돌아다니며 익는 여름의 저편에서

풀잎 같은 질투 하나를 배운다

포개지 못한 마음을 담아둔

가장 무거운 눈꺼풀이

눈동자를 덮는 아이도 있다

안양예술고등학교 3학년

발자국

김 택 민

얼마 전 버스를 타고
할머니 댁 가는 길에

어린 시절 아버지께서
항상 걸어오셨다던 길이 보였다.

그때의 아버지는
무슨 생각을 하고 계셨을까.

충동적으로 나는,
그 길 위에 내려 천천히 눈을 감는다.

아스팔트로 포장된 도로 위에
이제는 그의 발자국을 볼 수 없지만
언제나 걸었을 그의 발길을 떠올리며

보이지 않는 아버지의 발걸음을 따라

나도 한 걸음을 옮겨본다.

그의 발자국 위에 살포시 내 발을 맞춰본다.
그의 보폭에 내 보폭을 한번 맞춰본다.

때마침 불어오는 시원한 바람과 함께
벼들이 나에게 인사를 건넨다.
소들이 나를 위해 노래를 부른다.

저 벼들의 겸손함과,
저 소들의 자상함은
아버지와 닮아 있다.

이 길에서 아버지는 얼마나 많은 것을 배우셨을까.

이 길에서 나는 얼마나 많은 것을 더 배워야 할까.

언젠가 저 아스팔트 위에 남을 내 발자국을 위해
나는 오늘도 한 걸음 나아간다.

홍성고등학교 3학년

별들의 여정

정 원 준

모두가 잠든 고요한 밤
술래잡기를 하던 땅 위의 반딧불들이
훨훨 날아 하늘 높이 올라가 별이 된다.

별들은 어여쁜 달 가는 길에
총총총 징검다리 놓아주며
어두운 밤하늘 길 살펴가라 밝혀준다

높이높이 올라가 반짝이는 눈에
온 세상 가득 담고 싶어
작디작고 가벼운 몸 되었나 보다

우물에 가라앉은 하늘 한 자락에도
별이 동동동 떠오른다
어여쁜 별 달아날까 사뿐사뿐 다가가

두레박으로 조심조심 긷지만

별들은 찰랑찰랑 움직이기 시작하더니

이내 하늘로 다시 달아나버린다

대구 효성중학교 2학년

여 행 인 문 학

꽃놀이

조성찬 박사

가을이 한창이다. 고립과 단절의 절망에 놓였던 시간은 비로소 일말의 자유로 치환돼 3년 이래 가장 풍요로운 천고마비天高馬肥의 계절을 지나고 있다. 하늘은 높고 말이 살찐다는 가을의 수사는 속내를 헤집어 보면 우리가 겪고 있는 혼돈을 예지한 성어로 마음은 어둡고 걸음은 무겁게 해 높은 하늘을 쳐다볼 여유도, 살찐 말의 풍요를 느낄 겨를도 없게 만든다.

외부로부터의 침입을 우려하여 말이 살찌는 가을에는 국경의 단속을 단단히 해야 한다는 뜻에서 사용된 이 표현은 작금의 현실을 단속하는 지침으로도 무방하다. 주변은 혼란스럽고 갈등은 상존하며, 남과 북은 화해의 제스처를 접은 이후 미사일 공방으로 불안을 일상으로 만들고 있다. 우리의 주변을 내홍으로부터 단단히 지켜내야 할 시간이 다가오고 있는 느낌을 버릴 수 없다.

주변이 혼란스러워도 가을은 큰 걸음으로 다가왔다. 외투 깃을 세우고 고성의 담벼락에 기대 오후의 가을 햇살을 가득 담은 사진이라도 남기고 싶은 시절이니 억지로라도 걱정 따위는 잠시 내려놓고 싶은 마음이다.

때마침 전국은 꽃놀이 유흥에 한창이다. 전시의 화종花種도 다양하고 지역도 남에서 북에 걸쳐 전방위적이라 웬만한 홍보로는 사람을 끌어모으기도 쉽지 않을 듯싶다.

넘쳐나는 꽃 축제의 난립 중에 유독 눈길을 끈 "철원鐵原"은 남북분단의 상징과도 같은 월정리의 녹슨 기차 "철마는 달리고 싶다"와 노동당사, 제2 땅굴, 승일교 등으로 알려져 안보 관광지로 자리 잡은 곳이다. 역사적으로는 궁예가 철원성을 세워 태봉의 수도를 천도한 곳이기도 하니 철원의 위상은 이미 지정학적으로 중요한 의미를 지니는 곳이기도 하다.

무엇보다도 계절의 풍미를 만끽할 수 있는 평야의 지평선은 국내에서는 김제와 더불어 유이하게 사람의 시선을 잡아끄

철원에선 군인들을 쉽게 발견할 수 있다. 안보 관광지는 또 다른 변신을 시도하고 있다.

는 광활廣闊함을 느낄 수 있는 곳이다. 이렇듯 꽃과 배치되는 묘한 매력에 끌려 기웃거리게 된 철원의 꽃 축제는 기동력을 얻을 요량으로 지인에게 가고 싶은 곳이 생겼다 하니 기꺼이 동행을 제안해 주는 것으로 방문이 성사됐다.

가족들이 즐거운 시간을 보낼 수 있는 배치가 곳곳에서 눈에 띈다.

뜨거운 햇빛을 피해 우산을 쓴 사람들 너머로 끝이 모이지 않는 꽃밭이 펼쳐져 있다.

한국의 가을 산하는 파랑, 초록, 빨강의 삼원색으로 뒤덮여, 가는 곳마다 파란 하늘이 머리 위에서 출렁이고 꽃과 단풍의 화색과 정열이 넘쳐나니 시골의 정취와 현란한 색의 향연은 시선이 닿는 곳마다 감탄을 불러낸다, 서울에서 철원까지 2시간 남짓의 거리는 도시 생활에 지친 심신을 달래기에는 비할 바 없이 아름다운 풍광으로 마음의 고삐를 쥐락펴락한다.

가을의 바삭한 공기와 신선함에 정신이 해맑아지고, 어수선한 소문으로 더께가 앉은 마음을 내려놓기에도 좋은 시간이다. 나 하나라도 즐겁자는 생각으로 계획한 여행 덕에 내가 즐겁고, 내가 즐겁자 주변이 즐거워지고 있다. 꽃 무리와 모처럼의 인파로 사람 냄새 가득할 철원을 상상하니 심장의 박동이 벅차오르고 여행의 진미가 눈앞에 생경하게 그려진다.

꽃을 구도하는 사람들, 작은 꽃도 쉽게 지나지 않는다. 꽃은 위안이다.

그러고 보니 모두들 참 잘도 버텨냈다. 특별하게 나는, 어느 날 속절없이 단절된 국경의 핍박逼迫과 문밖의 출입도 허가가 필요했던 단속의 시간을 흔들림 없이 잘 지켜냈다. 내 가족은 무사했고 세속世俗의 서사에서 밀려나니 오히려 귓가는 건전해졌으며 가족 간의 동료애 또한 더 짙어졌으니 이 정도면 잘 지나왔다 싶다. 그 격려의 대가가 여행이다. 도로에는 같은 뜻으로 얼굴에 행복을 그린 여행객들이 넘쳐난다. 그들의 표정 어디에서도 지난 몇 년, 무괴한 일이 부지기수였던 세월을 지내온 사람들의 그늘은 찾을 수 없다. 삶의 동력을 잃고 궤도에서 이탈했으며, 절망과 탄식을 끌어안고 고난의 시간을 저주하며 보냈을 그 긴 시간이 가을의 풍요로 칠팔월 장마에 휩쓸려 나가는 오물더미처럼 사라져 간다.

안보 관광지로 입지된 철원은 지역의 확장성 부족을 꽃 축제 한 방으로 시원하게 해결했다. 올해만도 꽃 축제를 찾은 사람은 30여만 명에 이르렀고 입장료의 절반을 철원사랑상품권으로 되돌려 주며 관광객들의 지출을 철원지역으로 유도했으니 이곳 주민들은 꽃이 가져다준 풍요로 시름을 잊게 됐다. 꽃 축제 장소 고석정은 1971년 강원도 기념물로 지정된 이후 1977년에는 국민관광지로 지정되며 변신을 거듭해왔다. 역사 속의 흔적을 살펴보면 신라의 진평왕과 고려의 충숙왕이 이곳에서 노닐었으며 명종 때는 의적으로 유명한 임꺽정이 이곳에 숨어 지냈다고도 전해진다. 2020년 유네스코 세계지질공원에 지정된 고속정 일원은 군부대의 포사격 훈련장으로 사용되던 이곳을 오롯이 지역 주민들의 힘과 시간으로 오늘의 꽃 축제 장소로 변신시켰다.

꽃 속의 사유를 통한 성장통의 해우는 우리의 내면을 빛나게 한다.

시절이 하 수상해도 오는 백발과 가는 세월은 무엇으로도 막을 수 없다더니 시간은 잘도 갔다.

꽃 속에선 이별도 아름답다.

그렇게 가을이 왔다. 세상사를 좌지우지할 수 없는 일반의 서민들은 가을이 반갑다. 예전 같으면 한 해가 다 간 것 같은 상실감에 고독이나 외로움으로 대변될 계절의 감성은, 머지않아 해가 바뀌면 찾아올지도 모를 개선된 삶에 대한 기대들로 이 계절을 기쁘게 한다.

가을은 꽃이다. 해바라기, 쑥부쟁이, 구절초, 국화 등 계절을 빛낼 꽃은 차고 넘친다. 그 꽃들로 빛나는 가을날을 보내자. 애면글면 근심을 끌어안고 피곤한 낯빛으로 하루를 보내기엔 너무 아름다운 가을이다.

조성찬
관광학 박사
전 가톨릭 관동대학교 관광경영학과 교수

김영빈의
dica 詩잇
dica 詩잇

월식月蝕

김영빈 시인

11월 8일. 입대한 지도 벌써 만으로 29년째인 날. 아내와 칼국수 맛집에서 식사를 하고 나와 문득 하늘을 봤는데, 아뿔싸! 오늘 월식이 있다고 했지! 이미 달은 지구 그림자에 거의 잠식당해 오른쪽 위 끄트머리만 간신히 빛을 내고 있었다.

어려서부터 책이나 뉴스에서만 봤지, 실제로 월식을 제대로 지켜보는 건 나도 처음이었다. 앞에서 놓친 장면이야 어쩔 수 없지만 지금부터라도 잘 담아보자 하고 주차장에서 목이 빠져라 동쪽 하늘을 쳐다보며 셔터를 눌렀다. 그래서 겨우 건진 게 이 장면이다. 초승이나 그믐달일 때에도 이렇게까지 날씬해진 달을 본 적은 없었으니 마냥 신기했다.

집으로 돌아와서도 어느 과학관 YouTube 채널에서 중계하는 실시간 월식 상황을 틀어놓고 틈틈이 창밖을 내다보았다. 인터넷 기사를 찾아보니 오늘의 천문현상은 200년 만에 돌아온 진귀한 것으로, 개기월식(皆旣月蝕)과 더불어 천왕성이 달 뒤로 엄폐되는 순간도 관측이 가능하다고 했다. 다만 그것을 정확히 보려면 천체망원경이 필요하다. 천왕성까지는 바라지도 않으니 그저 눈앞의 월식 장면만이라도 제대로 보고 싶었다.

월식(月蝕). 사실 이제까지 난 월식의 정확한 한자(漢字) 표기가 월식(月食)인 줄 알았었다. 지구의 그림자가 달을 먹는다고 생각했다. 그런데 알고 보고, '식'이 먹을 '食'이 아니라 좀먹을 '식(蝕)'이었다. 그림자가 하나의 인격체로 보였다가, 일순간 좀벌레 수준으로 격하되는 느낌이랄까. 피식 웃음이 나왔다가 미안한 마음이 조금 들었다. (그림자야, 미안해~)

월식도 달이 그림자 속에 잠식되는 전반부와 다시 나타나는 후반부로 나뉘는데, 전반부의 사진을 하나 밖에 못 찍었으니 후반부라도 제대로 찍어보려고 눈을 크게 뜨고 진행 상황을 관찰했다.

페이스북 타임라인에도 시시각각 페친들이 올린 월식 사진들이 넘쳐났다. 전문 카메라로 찍은 고급스러운 사진도 있었지만 대부분은 스마트폰의 일반 모드로 찍은 사진이 대부분이었다. 이 사진은 후반부로 진행되는 첫 장면을 찍은 것이다. 왼쪽부터 어두워지더니, 마무리도 같은 방향부터 밝아지기 시작했다. 일단 나도 일반 모드로 몇 장 찍어보았는데, 이건 어디에 달 사진이라고 내놓기엔 좀 부족해 보인다.

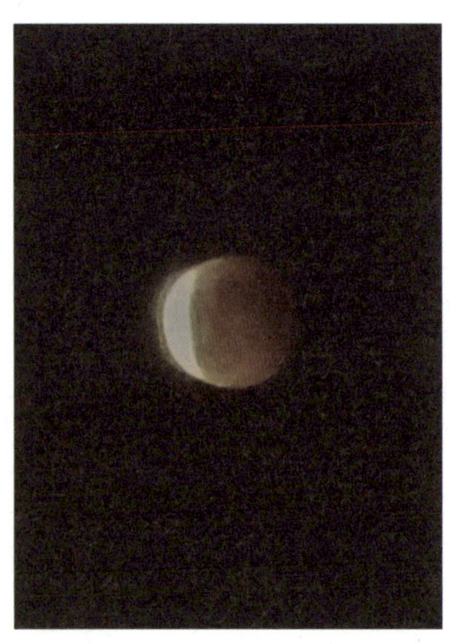

　다음은 내 스마트폰 '삼성 노트20 울트라 5G'로 30배 Zoom 으로 찍은 월식 사진들이다. 몇 년 전만 해도 상상 못 할 일이었 지만 이젠 이런 정도의 사진쯤은 스마트폰으로도 얼마든지 얻 어낼 수 있다. 물론 폰이 좋다고 다 이렇게 나오는 건 아니다. Zoom 기능을 당길수록 피사체의 초점 잡는 게 쉽지 않다. 손이 조금만 떨려도 대상이 앵글을 벗어나 버리기도 한다.

아마 이것을 찍고 있을 때 육안으로 확인할 순 없었지만, 천왕성도 달의 왼쪽 아래에서 오른쪽 방향으로 숨었다가 나타나고 있었을 것이다. 200년을 다시 기다려야 이 기막힌 우연을 볼 수 있다고 하던데, 이런 이야기를 들을 때마다 우주의 시간과 인간의 시간에 대해 다시 한번 생각해 보곤 한다. 초등학교 때였던가, 핼리혜성이 지구 근처를 스쳐 지나갔을 때도 천문학자들이 그랬었다. 70여 년 주기로 찾아오는 해성이기 때문에 보통 사람들은 이번 생에 못 보면 다시는 못 볼 거라고. 하지만 정작 대부분의 사람들은 그런 일이 있는 줄도 모르고 지나간다. 해당 분야의 전문가가 아니라면 아쉬움도 별로 없을 것이다. 일식(日蝕)이나 월식(月蝕)은 종종 우리가 직접 눈으로 확인해 볼 수 있게끔 찾아와 주니 그나마 다행이라고 해야 할까.

무엇이든 어떤 의미를 부여하느냐에 따라 소중한 것이 될 수도 있고 아닐 수도 있다. 내가 사진을 찍고 디카시를 쓸 때의 마음도 그런 것 같다. 지금 사진으로 찍어놓지 않으면, 아마 내가 사는 동안 다시는 못 볼 수도 있다는 절박함으로 피사체들을 대한다.

이전에도 달 사진은 가끔씩 찍었지만, 월식(月蝕) 현상을 이렇게 자세히 담아보긴 처음이다. 화장을 지운 민낯을 본 것도 같아, 달과 한층 더 가까워진 기분이다. 어른이 되어 동화로 배워왔던 달에 대한 환상은 많이 깨졌지만, 사진을 찍으면서부터는 오히려 잃어버린 줄 알았던 동심이 조금씩 되살아난다. 동화 속 주인공 '불개'가 달을 물었다가 이가 시려 다시 뱉느라, 달이 나타났다가 사라진다는 말을 철석같이 믿었던 시절도 있었는데.

오래 헤어졌다 다시 만난 친구처럼 반가웠던 월식(月蝕). 살면서, 언제쯤 또 만나게 될지 모르겠지만, 다음에 만나면 더 좋은 카메라로 예쁘게 담아줄게. 잘 가~

김영빈
2017년 〈이병주 하동국제문학제〉 디카시 공모전 최우수 (1위), 〈황순원 문학관〉 디카시 공모전 최우수(2위)
사진시집 『세상의 모든 B에게』

힘차게 뻗은

팔 안에

대체 몇 그루의

침엽수를

키우고 있는 건지!

아스파라거스

은퇴한

선배들이

그러더라구

매일 노는 것도

피곤한 일이라구

\# Tired

거미의
종奴이었다가
바람의
종鍾이 되었네

풍경風磬

시마詩魔 논평

끝의 이름은 이렇게 온다

_김 건 형, 문학평론가

끝의 이름은 이렇게 온다

김 건 형 문학평론가

겨울을 앞두고 있어서일까. 〈시마〉 가을호를 읽는 동안 '결말' 혹은 '결산'의 의미와 방법을 둘러싼 시적 상상력들이 부쩍 눈에 들어왔다. 세계를 포착하기 위해 늘 애를 쓰는 시 쓰는 이들에게야 당연히 그렇겠지만, 시를 읽는 이에게도 계절의 변화는 불가항력적으로 영향을 미치는 모양이다. 이번에도 지면의 제한으로 모든 작품을 충분히 언급하지 못함을 너그럽게 이해해주시리라 믿는다.

'시마 I'에서 심승혁은 계절의 변화를 살피며 구름의 이미지를 재미있게 다루고 있다. 구름이 구속되었다가 탈출했음에도 "꽁꽁 얼어 죽은 시간을 껴안고/ 흰 눈물로 쏟아져 내렸다"는 사실을 뒤늦게 알고 구름의 삶을 정리하는 조문을 올리는 민들레 씨앗의 이미지를 상상한다. 이우디의 「냉이꽃 엔딩 멘트」도 한 생애 주기를 정리하는 말의 이미지를 상상한다. 우주를 증명하고 말하기 위해 제 모든 존재를 다하여 말하는 작은 냉이꽃의 마지막 말을 본다. "나의모든것을드립니다". 존재가 살아있던 시간이 모두 이 마지막 말을 하는 데 필요했던 "리허설"이었다면, 비로소 죽음을 통해서 세계의 "마법이 풀렸다"고 볼 수 있다. 그렇게 죽음의 이미지 속에서 역설적으로 세계를 말하는 비밀을 찾아내는 시선은 이우식의 「나무와 상처」에서도 이어진다. 찌든 창문에 아무렇게나 놓인 북어 한 마리에게서 시인은 "침묵의 반어법으로 獅子吼사자후를 토"하며 "뒤틀린 세상을 향해 꾸짖는 천둥소리"를 듣는다. 그간 자유로이 바다에서 "直線직선으로 길을 내며 거침없이 달려"가던 명태는 이제 바짝 말라버렸지만, 도리어 세상을 꾸짖는 일갈을 하며 "서느런 단전 호흡이 가쁜 숨을 고른다." 이렇게 시는 죽음으로부터 한 존재의 생애와 그 삶을 걸고 말하는 단 하나의 메시지를 꿰뚫어 본다. 정황수는 킬리만자로와 세렝게티의 대자연 속에서 먹고 먹히는, 죽고 죽이는 숨 가쁜 삶들의 전쟁 속에서 삶의 원칙을 담담히 읽어내기도 한다. "이곳 산정에도 세상사 영원이란 게 없다"는 말을 전하고, 지금은 "가장 약한 존재가 진정한 아수라장 주인"이 될 거라는 "세상사 반전의 법칙"을 말한다.(「뽈레 뽈레pole pole」) 유정, 이만영, 이향지 시인의 시에서는 뜨거운 삶의 장면이 다하고 난 이후, 실은 그것이 소진되고 사라진 것이 아니라 사랑의 원리로 옮겨가고 있다고 증언한다. 「세시화」의 작은 꽃송이는 누구도 눈길을 주지 않지만, 게다가 기다리던 당신이 오지 않음에도 불구하고 사랑을 "키운다는 건 기다리는 일, 하염없이 시간을 어루만지는 일"이라는 것을 안다. 「여름이 오기 전 광화문광장」은 아이들이 광장에서 뛰어노는 기쁨의 시간이 지나간 뒤에, 그 여름은 지나가 버렸을지라도 "내게서 머물다 떠나는 것들은/ 오른쪽으로 따라가도 왼쪽으로 꺾어가도/ 다시 마주칠 수 있는 것들"이라고 되뇐다. 「운심리」에서 살모사에 물려 위태로운 상황에서도 "독사 독을 혼자 이겨낸 보리는 새끼를 세 마리 낳았다." 산후에 안타깝게 사망한 강아지를 향한 미안함과 고마움을 안고 텃밭을 일구던 화자는 제 마음대로 할 수 없는 자연에 졌다고 인정할 때야, 비로소 다시 생명이 돌아온다는 것을 알게 된다. 그렇게 삶이 다한 자리에서 존재의 원리를 읽을 수 있고, 죽음이 지나간 자리에서 사랑을 읽어낼 수 있다는 시편의 끝에 "무엇이 행운이고 불운일지는/ 요리를 해보기 전에는/ 아무도 모른다"(「행운이 패스트푸드라면」)는 윤서주의 말은 범상치 않게 들린다.

'시마 Ⅱ'의 시편들은 아스라한 그림자의 이미지를 중심으로 실은 어둠과 빛, 어느 하나로 끝나는 것이 아니라 반복되며 그 둘의 경계를 잡을 수 없는 것이 삶이고 일상이라는 것을 찾아낸다. 조우희의 「그림자」는 사라진 그림자들을 찾아 헤맨 끝에, "밤은 오래 달을 잡아두고 가로등은 별을 묶는다"는 것을 알아낸다. 밝은 "전구를 깨버리자 해방되는 그림자"는 그 순환을 압축하는 문장이다. 윤루의 「루루」는 그림자처럼 멀리서 다가오는 "그 무엇도 아닌/ 저 딩고들"로부터 도망치며 이름을 불러보지만, "아무것도 멈추지 않고/ 알 수가 없는" 것이기에 승복할 수밖에 없다. "누가 누구의 그림자를 죽였나" 물으며 시작하는 곽남경의 「허깨비」는 "있었다 없었다"하는 것들을 포착한다. 그림자처럼 있었다 없었다 하는 감정들, 주변의 작은 생명들, "골목골목 모퉁이에 살고 있던, 이름도 남지 않을 얼룩" 같은 것들. 그런데 그 그림자와 얼룩들은 "금세 다른 일인 양 같은 일이 반복되고" 그렇게 일순간 보였다 사라지는 허깨비들의 연속이 골목골목에 살아가는 이름 없는 삶들이다.

불가능할지 몰라도, 언제나 미달할 수밖에 없음에도, 이름 붙이고 구분하고 붙잡아 말하고자 하는 시의 도전은 이어진다. '시마 학생'은 언제나 그런 도전이 가장 뜨거운 장이다. 세상을 뜬 외할아버지와 언니의 빈 자리를 시어로 불러보려는 백수현, 김가림의 시는 그런 시적 언어의 애도를 꾸밈없이 표현하기에 더 깊은 감동을 준다. "나뭇잎의 피부가 벗겨지고 죽음으로 향할수록 생명의 빛으로 물드는 10월"을 발견하는 이지민의 「노인의 몸을 열면 아기들이 쏟아진다」는 그런 죽음에서 생명으로 이어지는 순환과 반복의 원리를 언어로 잡아낸다. 이루다, 김수민의 시는 소파와 마스크 같은 일상적 사물에 말할 수 있는 능력을 주어 참신한 시각으로 세계를 바라보는 시의 원래적 힘을 지향한다. 이름 없던 사물의 시각에 고유한 이름을 주는 것이다. 이루리와 천예빈의 시는 "내 마음"에 따라 뇌와 심장의 날씨가 계속해서 변하는 양상을, 언제나 불규칙적으로 변하기에 "나의 색을 찾지 못했"던 사춘기의 내면세계를 세밀하게 탐험한다. "알 수 없는 시간을 건너면서/ 어지러운 내 사춘기를 빨강 초록 노랑으로 칠"하면서 "비로소 보이는 선명한 색깔들"(「신호

등」)이 있다. 잡을 수 없는 마음에 이름을 붙이는 노력만으로도 큰 위로를 얻기 때문이다. "해가 이 땅을 비추고 넘어가는 시간은 같지만/ 사람마다 다른 경도를 가지고 있기에/ 사람마다 다른 시차를 가지고 있다"(「시차」)는 박건우의 발견은, 같은 하루를 보내는 각자의 마음에 붙는 이름은 모두 다르다는 개별성에 닿는다. 사람마다의 시간이 모두 다르듯, 사물마다의 언어 역시 모두 다를 수밖에 없다. 이하영은 "세상은 비극으로 가득하고" "모든 것이 살아가는 데 던지는 의심"을 말하면서 그 "의심은 마침표를 찍을 때 비로소 완성된다는 걸/ 의심이 가득한 마음이 문을 꽁꽁 닫을 때 안다"고 말한다(「내일」). 세상의 비극 때문에 모든 것을 의심하는 시선은 마음의 문을 닫게 만들고, 마침표를 찍어가며 사물을 단정 짓게 한다. "그러므로 가문비나무가 침묵하는 것은 침묵으로 되돌려 줘야"(「내일」) 하는 것이 시어의 도리다. 마침표를 찍지 않고, 사물의 침묵을 다시 비추는 것. 끝을 끝으로 단정하지 않고, 사물에게 다른 이름을 찾아내는 시의 침묵은 사물에게 의미를 되돌려준다.

계간 〈시마詩魔〉 정기구독 안내

계간 〈시마詩魔〉에서는 **구독회원**과 **후원회원**을 모집합니다.

계간 〈시마詩魔〉는
   엄선된 시인의 작품과 일반 회원의 공모시, 디카시, 디카에
   세이, 시 관련 작품 등과
   화가, 음악가, 연극인, 소설가, 여행가, 시인의 에세이를 연
   재하여 읽는 이에게 폭넓고 다양한 경험을 제공해 드립니다.

■ 구독회원 : 연(年) 5만 원, 계간 〈시마詩魔〉 무료 배송
  후원회원 : 연(年) 10만 원, 계간 〈시마詩魔〉 외 〈도훈〉에서
           발간하는 서적 무료 배송
           (연(年) 10종 이내, 전공, 학술서적 제외)
  (구독회원과 후원회원 중 한 가지를 선택하시면 됩니다.)

■ 시마계좌 : 농협 302-6722-4621-01
          (예금주: 이양훈(본명))
  문의 : 02-595-4621 / 010-6722-4621
  hello@dohun.kr

여러분의 많은 후원을 기다립니다.
좋은 책을 만들도록 노력하겠습니다.

"잡지가 계속 만들어져야
문학이 살고
글 쓰는 사람들이 살고
그래야 독자도 삽니다."

시마 창작 교실 안내

시 창작 교실 (2023년 2월 개강, 전 지역, 온라인 줌 강의 + 녹화 재방송)

　주 1회, 3개월, 12회 수업,

　3학기 (2~4월, 5~7월, 8~10월)

■ 초급반 (처음 입문하시는 분, 전 지역, 줌 강의)

　강사 : 이도훈 시인 외 초청강사

　수업료 (3개월 12만 원)

■ 중급반 (전 지역, 줌 강의)

　강사 : 박수빈 시인(상명대 강사, 저서 다수)

　유수진 시인(전북일보 신춘문예, 제주4·3평화문학상)

　수업료 (3개월 24만 원)

소설 창작 교실 (2023년 2월 개강, 전 지역, 온라인 줌 강의 + 녹화 재방송)

　주 1회, 3개월, 12회 수업,

　3학기 (2~4월, 5~7월, 8~10월)

■ 중급반 (전 지역, 줌 강의)

　강사 : 이은정 소설가 (동서문학대상, 현진건문학상)

　수업료 (3개월 24만 원)

문의 : 02-595-4621 / 010-6722-4621

　flyhun9@naver.com

시, 소설 창작교실 고급반: 2024년 개설 예정

　(온-오프라인 병행 수업, 시집, 소설집 발간 준비)

〈시마詩魔〉 소식

■ **제1회 시마청소년작품상** 시상식이 있었습니다.

　제2회 시마청소년작품상은 2023년 봄, 여름, 가을호에 선정
된 초·중·고 학생 작품 중에서 별도의 심사를 통하여 수상
작을 선정합니다. 학생, 청소년 여러분들의 많은 응모 바랍
니다.

　* 초등학생은 동시와 디카시 부분에만
　　응모 가능합니다.

■ **새로운 유튜브 채널을 만들었습니다.**
　도서출판 도훈과 계간 〈시마〉와
　관련된 영상은 Nalda 채널을 통해서
　공개하겠습니다. (www.youtube.com/@nalda2424)

날다의 뜨락

■ **제14호 겨울호가 늦게 발간되었습니다.**
　연말 과도한 업무로 인하여 시마 겨울호 출간이 늦어졌습
　니다. 내년부터 계간 〈시마〉를 2, 5, 8, 11월 말쯤에
　발간하도록 하겠습니다.

■ 문화재단을 꿈꾸는 **파란 하늘**

문화재단
파란 하늘
안내 영상

　을 시작합니다.

　많은 관심을 갖고 지켜봐주시고요, 주위에 문학사업에
　관심이 있는 분이 있으면 소개해 주세요.~^^

〈도서출판 도훈〉의 다양한 도전에 많은 관심을 보여주시고
함께해 주시기 바랍니다.

세상에 보내는 러브레터
계간 시마詩魔
제14호(2022년 겨울호)
ⓒ 이도훈, 2022

1판1쇄 발행_ 2022년 12월 16일

발행인_ 이도훈
편집장_ 유수진
편 집_ 려원
교 정_ 김미애

편집위원_ 이준관 박수빈 김이듬 양진기 이혜미 김영빈

펴낸곳_ 도서출판 도훈(376-2017-000061)
사무실_ 서울시 서초구 법원로3길 19 2층, W109호(서초동, 양지원빌딩)
전 화_ 02-595-4621, 010-6722-4621
팩 스_ 050-4227-4621
이메일_ flyhun9@naver.com
홈페이지_ www.dohun.kr

ISSN 2671-7905
ISBN 979-11-92346-32-8

정가_ 13,000원

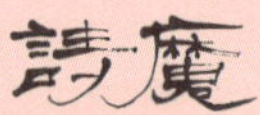

詩魔(시마) 글자는 사생화가 전덕영 선생님께서 써 주셨습니다.